나는 정말 운이 좋은 사람입니다

교통사고로 하반신마비 장애를 입고
자살까지 생각한 그가
컴퓨터전문점 휴먼씨앤씨를 운영하며
다시 꿈을 키우기 시작했고
경제적으로 자립하기까지
피터지게 살아온 흔적을 담았다.

나는 정말 운이 좋은 사람입니다

초판인쇄 2023년 6월 1일
초판발행 2023년 6월 7일

지은이 이범희
발행인 조현수
펴낸곳 도서출판 더로드
기획 조용재
마케팅 최관호 최문섭
편집 이승득
디자인 토 닥

주소 경기도 고양시 일산동구 백석2동 1301-2
넥스빌오피스텔 704호
전화 031-925-5366~7
팩스 031-925-5368
이메일 provence70@naver.com
등록번호 제2015-000135호
등록 2015년 6월 18일

ISBN 979-11-6338-378-9 03810

정가 16,800원

나는 정말
운이 좋은 사람입니다

이범희

 도서출판 더로드
The Road Books

내가 어떤 책에 대해 추천사를 써주었던 적은 20년 전 딱 한번 뿐이었다. 그 책 저자와 같이 술을 먹다가 책을 보여주기에 읽어 보던 중 졸지에 써주었다. 이번은 아니다. 원고를 3번 읽었고 내 가 술을 먹은 것도 아니다.

저자와 메일을 처음 주고받은 것은 거의 20여 년 전 이었다. 독 자의 메일은 답변을 보낸 후 삭제하기 때문에 며칠만 지나면 그 내용을 거의 모두 잊어버린다. 하지만 저자는 내게 메일을 보냈 던 사람 중 '휠체어를 타는 하반신마비자'로서는 지금까지도 유 일한 독자였고, 나 역시 컴퓨터 사업 경험자였기에 컴퓨터 수리 및 판매를 하고 있음도 기억하고 있었다.

그는 내가 잊을만하면 내게 메일을 보내 이것저것 물어보곤 했으며 내가 지금도 기억하는 것은 창원에 집을 건축할 때 도면 을 보내면서 내 의견을 물었던 것, '두루마리 화장지를 시발점으

로 하는 사연'(책에서는 나오지 않으나 언젠가 세월이 더 지나면 저자가 들려줄 얘깃
거리라고 생각한다) 뿐이다. 투자를 잘못하여 큰돈을 날렸던 경우들도
있었다는 것은 나도 이번에 처음 알았다.

한마디로 요약하면 그는 '피보다 진하게 살아라.'고 한 나의 말
을 동아줄처럼 믿고 성공적으로 사업을 끌어나가던 비대면 수제
자였다. 아니, 피보다 진한 정도가 아니라 피 터지게 살아온 실화
이기에 내가 고마움 마저 느낀다.

혹시라도 당신이 절망에서 헤어나지 못하고 있다면 이 책이
당신의 손을 잡아 일으켜 줄 것으로 믿는다.

－세이노

어느 봄날 친구가 컴퓨터를 한 대 구입해야겠다며 가게로 찾아왔다.

"아들 녀석 때문에 내가 못 살겠어. 하라는 공부는 하지 않고 허구한 날 피시방에서 살아. 공부라도 좀 하면서 하면 좋겠는데, 공부는 뒷전이고 말이야. 그래서 이참에 컴퓨터 한 대 구입해서 피시방에 가지 말고 집에서 하게 하려고. 아들 녀석도 그러길 바라고. 이놈의 게임 때문에 아들과도 싸우고, 마누라하고도 매일 싸우다시피 해. 하루하루가 전쟁 같아. 그놈의 게임이 뭔지."

"속이 많이 상하겠네."

"말도 마라. 스트레스가 이만저만이 아니다."

"친구야! 내가 이야기 하나 해 줄게."

내가 알고 지내는 아주머니 한 분이 계셔. 아들 둘이 있는데 한 아이가 장애인이야. 뇌 병변 장애 하나만 해도 힘겹고 버거울 텐데, 시각장애까지 있어. 아들을 장애인 학교에도 보내고, 또 다른 시설에서 재활훈련도 받게 하고 있어. 뇌 병변 장애는 손과 발을 마음대로 사용할 수가 없어. 본인의 의지대로 움직여지지 않아. 그래서 작업치료라는 것을 받아. 작업치료라는 것이 뭐냐 하면, 콩 같은 물체를 오른쪽에서 왼쪽으로 옮기는 작업이야. 손을 제어하기 위한 치료인데, 이것 말고도 해야 하는 것이 많아서 비용이 만만치가 않아. 정부에서 지원해 주는 치료 프로그램만으로는 부족해서 가욋돈으로 매달 100만 원이 더 들어가야 한대. 치료나 운동으로 좀 나아지면 좋은데, 나아지지 않아. 그런데 나아지지 않는다고 해서 그만두면 금방 안 좋아지거든. 그게 제일 안타까워. 매달 밑 빠진 독에 물 붓는 것처럼 돈이 들어가는 것도 문제지만, 엄마가 평생 아이에게 붙어 있어야 한다는 것이 더 큰 문제지. 지금 네가 그런 입장이라고 한번 생각해봐. 어떻겠니?

사람들이 말이야, 집에 아픈 사람이나 장애인이 없는 것 만 해도 얼마나 큰 축복인지 잘 모르고 살아. 내가 가진 것이 얼마나 많은지 말이야. 자꾸만 좀 더 좀 더 하며 비교하면서 살거든. 그게 문제야. 지금 우리가 얼마나 가진 것이 많고 행복한지 자꾸만 잊어버리거든.

　비유하기에는 좀 그렇지만, 장애를 극복하기 위해 치료를 받는 것보다는 게임을 하고 노는 것이 차라리 좋겠다는 생각이 들지 않아? 지금 행복하면 잘 사는 거잖아. 당장 눈앞에서 게임만 하고 있으니, '저놈이 커서 뭐가 될 건가?' 하는 걱정에서 스트레스를 받고 싸우기도 하겠지. 그런데 말이야, 친구 너도 잘 알고 있겠지만, 인생이 뜻대로 되는 것이 아니잖아. 내일 어떤 일이 일어날지 알 수 없잖아. 미래가 어떻게 바뀔지도 모르고 말이야.

　친구야! 너무 걱정하지 마라. 건강하고 인성만 바르게 큰다면 나중에 무엇을 하든지 잘 살아갈 것이라고 믿어. 다른 사람의 영혼에 상처 주지 않고 상처받지 않는다면 누구보다도 건강한 삶을 꾸려 나갈 것이라고 나는 믿어.

　내가 병원에 있을 때, 온전하게 건강한 것이 얼마나 큰 축복이었는지를 깨닫게 되었어. 건강하면 무엇이든지 할 수 있거든. 아픈 아들보다 종일 게임을 하는 아들이 좋지 않을까?

친구는 이후에도 자주 나의 가게를 들렀다. 차도 마시고 가끔 술도 한잔하며 내가 사고를 당한 이후 어떻게 살았고 살아왔는지 많은 이야기를 나누었다.

　어느 날 친구는 돌아가면서

　"요즘 아들과 거의 싸우지 않아. 너의 이야기처럼 미래가 어떻게 될지도 모르는데 말이야. 때가 되면 아는 날이 오겠지. 너의 이야기가 많은 도움이 되었어. 네가 살아온 이야기로 책을 한 번 써봐. 어느 날 갑자기 장애를 입고 절망에 빠진 사람들, 실의에 빠져 의욕을 잃고 사는 사람들에게 많은 도움이 될 것 같아."

　나는 친구의 말을 듣고 몇 날 며칠을 곰곰이 생각해 보았다. '내가 살아온 이야기를 누가 읽으려 할까?' 생각했지만, 혹여 누구 한 사람이라도 나의 이야기를 읽고 용기를 가질 수 있다면, 그것만 해도 충분할 것 같다는 생각이 들어 글을 쓰기로 마음먹었다. 내 이야기를 통해 한 사람이라도 용기를 얻고 새로운 삶을 시작할 수 있으면 좋겠다는 마음으로.

1장

가시밭길

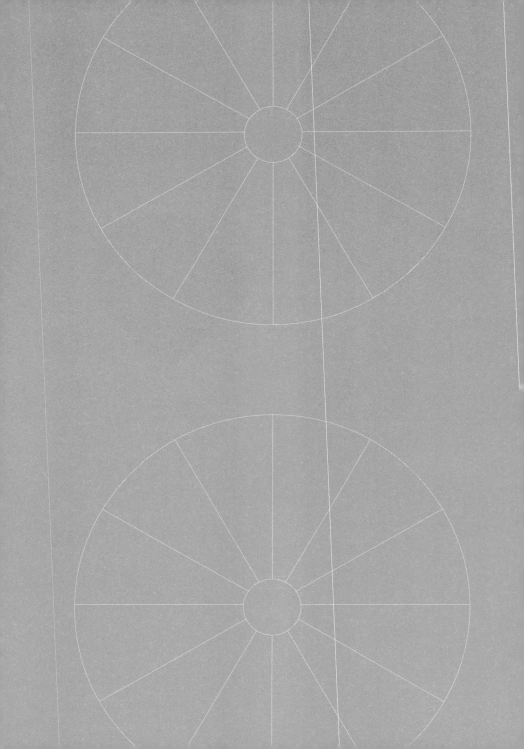

대기업에 입사하다

"피고 이범희를 징역 1년에 처한다. 단 구금일 수 중 69일을 산입하고 집행을 2년간 유예한다."

1989년 11월, 나는 뜨거운 여름날 입었던 반 팔 차림으로 초겨울 교도소 문을 나섰다.

집행유예로 풀려난 후 나는 고향에 머물렀다. 가족들은 내가 학교로 돌아간다면 다시 학생운동을 하리라는 것을 기정사실로 받아들이고 있었기 때문이었다. 부모님은 나를 눈 밖으로 두려고 하지 않았다. 복학하고 싶었지만, 뜻대로 할 수는 없었다.

시간이 흘러 2년간의 휴학 기간을 마치고 복학하였지만, 세 번의 학사경고를 받았으니 성적이 좋을 리가 없었다. 복학한 이후 나름으로 열심히 공부하였지만, 상황은 크게 개선되지 않았다. 4학년 8학기를 마치고 졸업해야 하지만, 학점이 부족하여 5학년 1

학기까지 해야만 했다. 졸업하기 위해서 한 학기를 더 다니며 12학점을 이수하였고, 졸업학점을 이수한 후 그해 여름 졸업하였다. 평균 평점 2.48, 성적에서도 나타나듯이 겨우 졸업만 한 것이었다.

졸업 후 나는 고향에서 연말에 있을 공채 시즌을 준비하였다. 1993년, 그때는 해마다 연말이 되면 대기업부터 공개채용을 하기 시작했다. 나는 대한항공에 먼저 응시하였으나 1차 시험에서 떨어졌고, 두 번째로 럭키금성(현 LG그룹)에 응시하였다.

원서를 제출하고 1차 시험을 치렀다. 시험과목은 영어와 상식이었다. 시험 장소는 부산 동아대학교 인문관이었는데, 지난 2년간 형을 따라 동아대학교에서 공부한 적이 있어, 내가 다녔던 학교에서처럼 편안한 분위기에서 시험을 치를 수 있었다. 낯설지 않은 시험장 분위기가 요행으로 작용했는지 모르지만, 나는 1차 시험에 통과하여 2차 시험인 개별 면접과 단체면접 그리고 토익 시험을 준비할 수 있었다.

2차 면접은 서울 여의도에 있는 럭키금성 본사(현 LG, 쌍둥이 빌딩)에서 진행되었다. 나는 기차를 타고 올라가면서 끊임없이 "할 수 있다. I can do it."을 주문처럼 되 뇌었다. 밥을 먹으면서도, 화장실을 가면서도 "할 수 있다. 난 잘할 수 있다."를 속으로 외쳤다.

면접은 4명이 한 팀이 되어 진행되었다. 그때 면접관이 어떤 질문을 했는지, 그리고 내가 어떤 대답을 했는지 기억이 잘 나지 않지만, 한 가지는 아직도 잊히지 않는다.

면접이 끝날쯤, 면접관 중에 한 분이

"마지막으로 할 말 있으신 분 말씀하세요."라고 하였을 때, 아무도 손을 들고 이야기하려고 하지 않았지만, 나는 과감하게 손을 들고 질문을 하였다.

"다른 사람들에게는 장학금을 받았는지 안 받았는지 물어보셨는데, 왜? 저에게는 물어보지 않으십니까?"

면접관이 서류를 뒤적이며 내 성적표를 찾아내고는

"자네 성적으로는 장학금 받은 적이 없었겠는걸." 하는 것이었다. 이에 나는 질세라

"1학년 때 열심히 공부해서 1학기를 마치며 성적장학금을 받았습니다. 그리고 3학년 1학기에는 학생회 간부를 맡고 있었기에 받을 수 있었고, 4학년 1학기에는 복학하여 열심히 공부해서 성적장학금을 받았습니다. 이렇게 총 세 번의 장학금을 받았습니다."라고 대답하였다. 그런데 면접관이 또다시 질문을 던져왔다.

"그래. 그런데 자네 성적은 왜 이런가?"

"학생운동을 했습니다. 학생운동을 한다고 공부에 전념할 수 없었습니다. 학생운동이라고 하면 전부 짱돌 던지고 화염병만 던지는 것으로 생각하시는데요. 그게 학생운동의 전부는 아닙니다.

시국을 이끌어 가는 것도, 불의에 항거하고 독재를 무너뜨리기 위해 싸워야 하는 것도 대학생들이 해야 할 역할이라고 생각했습니다. 또한 떨어져 있는 담배꽁초와 쓰레기를 주워 담는 것도 학생운동의 한 일환입니다. 학교와 사회 그리고 나라를 사랑하고 걱정하는 마음이 없었다면 시위할 생각조차 하지 못했을 것입니다. 언론에 비추어지는 과격한 모습만이 학생운동의 전부라고 치부하지 않았으면 합니다."라고 대답했다

면접이 끝나고 2차 단체면접은 기부입학제를 놓고 찬성과 반대편으로 나누어 토론하는 토론 면접이었으며, 토익시험을 마지막으로 2차 시험에 대한 모든 일정은 끝이 났다.

내가 받은 학점으로 본다면 1차에 합격한 것만으로도 놀라운 일이었고, 내가 할 수 있는 것은 전부 다 했다는 생각이 들기도 했다. 휴학 기간 쉼 없이 열심히 공부했다고 하지만, 대학 성적만을 본다면 설사 2차 시험에서 떨어진다고 하더라도 잃을 것이 없었다. 여기서 떨어진다 해도 아쉬워할 것이 없었다. 나는 내가 할 수 있는 한 모든 행동과 말을 거침없이 다 했다. 어쩌면 그것이 가장 큰 무기가 되지 않았을까?

나는 9대 1이 넘는 취업 경쟁률을 뚫고 대기업 공채시험에 합격하여 럭키금성에 입사를 할 수 있었다. 그때는 꿈인지 생시인

지 분간이 가지 않을 정도로 좋았다. 내가 어떻게 입사하게 되었는지 나 자신조차도 믿을 수가 없었다. 내가 보냈던 대학 시절을 돌아본다면 말이 안 되는 일일 수 있었지만, 나는 그것을 이루어 내었다.

학생운동을 하던 시절, 갈 데까지 간 놈처럼 바라보던 교수님의 눈빛이 생각나, 나는 대기업 합격 소식과 함께 지도교수님을 찾아 인사를 드렸다. 교수님의 눈빛이 틀렸다는 것을 증명하고 싶어서였다. 교수님의 표정이 '거짓말하지 마라. 내가 너의 대학 생활을 아는데.'라고 하는 것 같았다. 어찌 되었든 나는 커다란 희망과 뜨거운 열정을 가슴에 품고 연수원으로 들어갔다.

연수를 마치고 경남 창원에 있는 금성사(현 LG전자) 2공장 에어컨 설계실로 발령받았다. 주말이면 지리산에 가야 했기 때문에, 서울 본사에서 근무하고 싶은 마음은 없었다. 농번기가 있는 주말이면 고향에 계신 부모님을 도와 농사를 짓고 싶어서였다. 에어컨사업부는 그때만 해도 적자 부서였기 때문에, 대부분 지원하지 않으려고 했다. 나는 에어컨사업부를 지원해서 발령받는 것이 창원으로 오는 가장 쉬운 방법이라 판단하고 에어컨사업부에 지원했다. 그 이후에 에어컨이 LG전자의 핵심부서가 된 것을 보면, 나의 선택은 탁월했던 것 같다. 창원으로 내려와 첫 출근 하는 그날, 나에게는 세상이 달라 보였다. 희망에 부풀어 구름 위를 날아오르는 것 같았다.

신입사원이 된 후 나는 실력도 공부도 부족하다는 것을 알았기에, 내가 가장 잘할 수 있는 인사부터 시작하였다. 설계실 내에서 나는 신입사원이자 막내이기에, 보는 사람마다 인사를 하였다. 전부 선배들이고, 160명이 넘는 설계실의 연구원들을 다 안다는 것은 불가능한 일이었다. 나는 누구든지 볼 때마다 인사를 했다. 설계실 연구원뿐만 아니라 공장에서 만나는 모든 사람에게 먼저 인사를 건넸다. 하루에 몇 번을 보아도 인사를 했다.

매일 매일 인사를 하고 다니다 보니, 선배들이 나를 알아보는 일이 많아졌다. 사실 전기공학과를 졸업했지만 제대로 공부를 한 적이 없다 보니, 일을 하는 데 있어서 어려움이 한둘이 아니었다. 팀장이 에어컨에 들어가는 회로도를 설계하라는 지시를 내렸을 때, 나는 앞이 캄캄했다. 무엇을 어떻게 해야 할지 솔직히 막막했기 때문이었다. 회로팀에 찾아가 솔직하게 이야기하고 도움을 요청했다. 매일 인사로 안면을 튼 사이라 꼼꼼하게 설명해 주었다. 설명해 준다고 해서 바로 알아들을 수 없었지만, 열심히 공부하고 찾아서 마무리를 지었다. 나는 그 이후부터 두 번 물어보는 우를 범하지 않기 위해 몰라서 물어보았던 것들을 꼼꼼히 기록해 두었다. 막히는 것이 있으면 일단 나의 노트부터 확인하였다.

모르는 것을 아는 척하는 것만큼 어리석은 일은 없다고 생각한다. 모르는 것을 숨긴다고 해서 해결되는 일은 하나도 없기 때문이다. 그래서 공자도 모르는 것은 모른다 하고, 아는 것은 안다고 하는 것이 진짜 아는 것이라 했다.

어느 날 나는 'Vision 1994'라는 연수 프로그램에 참여하게 되었다. 팀장이 나를 콕 찍어서 가라고 했다. 팀장 눈에도 내가 아주 어설퍼 보였을 것이다. 각 팀원 중에서 몇 명을 뽑은 후에 다시 팀을 만들어 생산에 따른 비용 절감뿐만 아니라 개선할 방향을 찾는 워크숍 같은 거였다. 신입사원과 기존 사원들을 조합해서 더욱더 효율성을 높일 수 있는 방법을 찾아내는 교육과정이었다. 여러 팀을 만들어 경쟁하는 경쟁체제였다. 교육을 마치고 각 팀원에서 찾아낸 개선 방향과 문제점에 대해 발표해야 하는데, 어쩌다 보니 발표자의 행운이 내게로 왔다.

워크숍 마지막 날의 발표는 공장의 최고 책임자인 공장장까지 모시고 하는 자리라 굉장히 중요한 자리였다. 나는 학생운동을 하면서 마이크를 잡고 대중들 앞에서 이야기한 경험이 많았기에 발표를 잘할 수 있었다. 내가 할 수 있는 역량을 최대한 살려서 발표하였지만, 그 이후로 다시 그런 발표를 할 기회는 오지 않았다. 그때 그 발표가 회사에서 한 마지막 발표가 되었다.

절망의 시작

새벽 2시, 창원대로.

끼익~~~쿵 소리와 함께 8차선 도로로 튕겨 나갔다. 그 순간 일어서려고 하는데 일어설 수가 없었다. 청바지 가랑이를 잡으며 다리를 당기고 앉는 것까지는 기억이 나는데, 그 후로는 무슨 일이 일어났는지 아무것도 기억나지 않았다.

시간이 얼마나 지났는지 모르겠지만, 희미하게 정신을 차려보니 계속해서 입 안으로 뭔가 들어오고 있어서 구역질을 심하게 하고 있었다.

"삼켜야 해요. 그렇지 않으면 위험합니다."라는 목소리가 들렸고, 내 입 안으로 계속해서 무언가를 집어넣고 있었다. 나는 쉼 없이 구역질하다가 또다시 의식을 잃고 말았다. 얼마의 시간이 흘렀는지 알 수도 없고, 의식이 몽롱한 상태에서 눈을 뜨니 몸의 수

분이 모두 다 빠져나간 듯 타는 갈증만 온몸을 휘감고 있었다. 목이 말라 숨을 쉬지 못할 정도로 시달렸고, 입술이 바짝바짝 타올라 마치 한낮에 사막을 걷는 듯한 뜨거운 갈증이 내 영혼을 집어삼키려 할 때쯤 간호사가 거즈에 물을 묻혀 입에 물려주었다. 나는 거즈에 남아 있는 마지막 한 방울도 남기지 않겠다는 듯 거즈를 빨아대었다. 타는 목마름으로.

의사가 들어와 톱니바퀴처럼 생긴 은색 도구를 들고 자꾸 발바닥을 문지른다.

"아~참 귀찮게 왜 자꾸 밀어 대는 거예요. 한두 번도 아니고."

어떠한 대꾸도 없이 의사는 아주 형식적으로 정해진 멘트처럼, 내 엄지발가락을 또 무언가로 찌르면서 물어본다.

"환자분, 여기는 어디예요? 느낌이 있고 어딘지 알면 말씀하세요."라고 하기에 나는 짜증 섞인 목소리로

"엄지발가락요. 발바닥을 긁고 있네요. 좀 그만 하세요. 목이 말라 죽겠는데 물은 주지도 않고. 차라리 물이나 좀 주세요."라고 말하였다

나는 짜증을 내고 있었다. 사실 한두 번도 아니고 하루에 몇 번씩 와서는 볼펜으로 찔러대고, 톱니바퀴로 발바닥을 드르륵드르륵 문지르곤 하니 짜증이 나지 않으려야 나지 않을 수가 없었다.

중환자실에서 일주일의 시간이 조금 지난 후에 담당 의사가

와서 그동안의 진단 결과와 나의 상태를 찍은 MRI 검사 결과를 알려 주었다. 아주 심각한 얼굴을 하고 입을 열었다.

"환자분은 지금 신경이 손상되어 하반신마비 상태입니다. 의사로서의 소견을 말씀드리는데, 앞으로 환자분이 다시 걸을 수 있는 확률은 제로입니다. 이런 말씀을 드려서 죄송하지만, 앞으로 걸을 수 있는 확률은 없습니다."라고 말을 하는데, 일말의 희망도 품지 말라는 듯 단호하게 이야기하였다.

"정말 제로인가요? 혹 몇 퍼센트라도 있지 않을까요? 시간이 지나면 조금은 회복되지 않을까요? 제가 노력해도 전혀 안 되는 부분인가요? 손톱만 한 뼛조각만 드러내면 된다고 하는데, 그것만 드러내면 문제없는 것 아닌가요.?" 나는 쉼 없이 물어보았지만 달라지는 것은 없었다.

의사는 확인 사살을 하는 것처럼

"어쩌면 휠체어에 앉아 있기도 어려울 수 있을 것입니다. 평생 이렇게 누워서 지내야 하는 경우도 있을 수 있으니 희망은 품지 않는 게 좋습니다."라는 말만 남겨둔 채 나가버렸다.

나는 사고가 나면서 차 밖으로 튕겨서 나갔고, 그로 인해 신경과 폐를 다쳤다. 오른쪽 가슴 위쪽과 왼쪽 가슴 아래쪽에 각각 관을 꽂고 폐에 고인 물을 빼기 시작했다. 중환자실에 있은 지 28일째 되던 날, 폐가 정상으로 돌아오자 드디어 수술을 할 수 있었다.

8시간이 넘는 긴 수술을 끝내고 다시 중환자실로 돌아와 마취에서 깨어났을 때, 나는 고통으로 몸부림쳐야 했다. 온몸을 파헤쳐 놓은 듯한 고통이 밀물처럼 밀려왔다. 할 수 있는 것 하나 없이 온몸으로 고통을 맞이해야 했다. 진통제가 없었다면 아마 통증으로 기절했거나 죽었을지도 몰랐겠다고 생각했다. 신경이 마비되어 있어서인지 수술이 끝난 후에 찾아오는 통증들은 이상한 것들이 많았다. 배꼽 주위로 무엇인가 스치기만 해도 아파서 미칠 지경이었다. 이불도 덮지 못하고, 그 무엇으로도 배를 덮을 수 없었다. 어디에서 이런 통증이 오는지 모르는 것은 의사도 마찬가지였다. 아프다고 호소해도 의사들이 해줄 수 있는 것은 진통제 말고는 아무것도 없었다. 앞으로 계속 이렇게 지내야 하는 것인가? 이게 나아지는 것인가? 물어보아도 의사는 아무런 대꾸도 없이 그냥 지켜보자고만 했다.

시간이 지나면서 통증이 조금씩 사라지기 시작하였다. 고통스러운 며칠이 지나자 언제 그랬냐는 듯이 통증은 사라지고 없었고, 배 위에 이불을 덮어도 괜찮아졌다. 수술하고 나서 어느 정도 회복되자, 나는 중환자실에서 신경외과 병동인 6층 일반 병실로 올라올 수 있었다. 한 달 만에 중환자실을 벗어나면서 나의 모든 간호가 부모님께로 넘어오게 되었다. 부모님이나 나나 하반신마비는 처음이라 어떻게 간호해야 하는지를 몰랐다. 간호사나 의사가 가르쳐 주는 것도 아니었다. 부모님을 가르쳐 준 것은 그 누구도 아닌, 같은 병실의 다른 환자의 보호자였다. 그때 부모님의 고생이 얼마나 심했을 것인지는 말로 표현하지 않아도 알 수 있을 것이다.

하루는 회진을 돌던 의사가 나의 상태를 보고는

"이제부터는 침대를 세워 기대어 앉아 있어도 됩니다. 너무 오래 있지 말고 잠시만 있으세요."라고 말하였다.

두 달여 만에 침대를 세워 기대어 앉아보는 것이었다. 머리를 무엇인가에 세게 얻어맞은 것처럼 멍해지면서 어지러워졌다. 지금까지 내내 반듯하게 누워있다가 침대를 세우기만 했는데도 현기증이 밀려왔다. 바깥 거리의 풍경을 바라보는 것도 잠시 무엇인가 아랫도리에서 스멀스멀 비집어 나오는 느낌이 들었다.

"이게 뭐지? 이게 뭐지?"

수치스럽고 부끄러운 것은 전부 나의 몫이 되는 순간이었다. 중력에 밀려 대변이 엉덩이 사이를 비집고 나왔다. 잠시 기대어 앉았다는 이유 하나만으로 중력을 이기지 못하고 떨어지는 사과처럼, 내 몸에서 대변이 떨어져 밀려 나왔다. 온몸으로 전해져 오는 수치스러움, 부끄러움으로 숨을 쉬는 것조차 힘들었다. 비집고 나오는 대변을 나는 어떻게 제어할 수가 없었다. 참아 보려고 노력한다고 해서 참아지는 것이 아니었다. 괄약근을 단단히 조여보

왔다. 하지만 조여지는 것은 괄약근이 아니라 내 입술이었다. 얼마나 세게 깨물었는지 어금니만 아팠다. 이건 이제 나의 영역밖에 일이었다. 내 의지로 조절할 수 있는 것이 아니었다. 내가 조절하려고 해도 전혀 반응이 없었다. 내가 할 수 있는 것은 대소변이 밀려 나오는 것을 느끼는 것 말고는 아무것도 없었다.

그랬다. 이미 내 몸이 내 몸이 아니었다. 내가 스스로 내 몸을 제어할 수 있다면, 그건 마비가 아니었을 것이다. 그 순간의 참담함이란 이루 말할 수가 없었다. 스물일곱 살에 비집어 나오는 변을 어떻게 하지도 못하고 넋 놓고 바라만 볼 수밖에 없는 상황이 나를 더 비참하게 만들었다. 내 몸에 남아 있는 것이라고는 하반신이 마비된 몸뚱어리와 수치스러움으로 가득 찬 절망뿐이었다.

이후로 식사 때가 되면 매번 기저귀를 차고 침대를 세워야 했다. 밥이 목구멍으로 넘어가질 않았다. 먹는 것들이 어디로 갈 것인가? 뒤처리가 두려워서 먹는 것을 거부하기도 했다. 그럴 때마다 부모님은 나를 설득하였지만, 마음은 열리지 않았다. 나는 절망감에 빠져 헤어 나오지 못하고 속절없이 시간만 지나갔다.

일반 병실로 올라와서 한 달 정도 지났을 때였다. 어느 날 의사가 척추 보호대를 맞추어야 한다고 했다. 척추고정 수술을 했기 때문에 그냥 일어나 바로 휠체어에 앉을 수 없으니 보호대가 필요하다고 했다. 뼈가 부러지면 깁스하듯이, 나도 척추를 보호할 보호대가 필요했다. 보호대는 목 아래 가슴 부분부터 아랫배 부분까지 플라스틱같이 생긴 단단한 판으로 만들어진 것이었다. 앞부분은 가슴에 대고, 뒷부분은 등에 대어 벨트로 서로 결합한 후 조여서 착용하게 되어 있었다. 척추가 고정될 때까지 보호대를 해야만 휠체어에 앉을 수 있었다.

처음으로 보호대를 차던 그날, 친구들이 병문안을 왔었다. 척추 보호대를 하고, 기저귀를 차고, 기스모(소변줄)까지 해야 했기에, 휠체어에 한 번 앉기까지는 번거롭고 시간이 오래 걸릴 수밖에 없었다. 준비가 끝났을 때, 아버지가 다리를 잡고 친구가 겨드랑이에 손을 끼워 나를 통째로 들어 올려 휠체어에 앉혀 주었다. 나는 처음으로 친구들과 함께 휠체어에 앉아 몇 달 만에 1층의 병원 로비로 내려갔다.

병원 로비에서 휠체어에 앉아 불어오는 바람을 느끼고 있었다. 구름 한 점 없는 맑은 하늘에서 비치는 햇살이 유난히도 따스했던 그날, 나는 그동안 피우지 못하고 있던 담배를 친구에게서 얻어 피웠다. 사고 이후 담배를 피우는 것이니 몇 달만이었다. 담배를 피우면서 친구들과 예전처럼 오랫동안 이야기를 하고 싶었다. 하지만 나에게는 그런 시간조차도 허락되지 않았다. 불어오는 바람에 담배 한 개비도 다 못 피운 그 시간에, 딱 그 타이밍에 내 몸은 중력의 법칙을 이겨내지 못하고 있었다. 밀려 나오는 대소변으로 인해 급하게 병실로 올라가야만 했다. 마음먹은 대로 되는 것이 하나도 없었다. 앞으로 새고, 뒤로 나오고, 수치스럽고 참담하였다. 친구와 함께 엘리베이터를 타고 올라가는 순간이 영원처럼 느껴지는 순간에, 설령 하느님이 나타나서

"범희야! 지금 네가 기저귀를 차고 대소변을 참지 못하여 죽을 만큼 고통스럽고 치욕스럽겠지만, 조금만 참고 견뎌보아라. 미래에는 결혼도 하고 행복하게 살아가게 될 것이야."라고 말을 한다면 과연 그 말을 믿을 수 있을까? 소변줄에 기저귀를 차고 밀려 나오는 대변으로 엘리베이터 안에서 냄새를 풀풀 풍기는 그 장면에, 하느님이 이런 말을 했다고 해서 "정말인가요? 정말 그렇게 되나요?"라고 믿으며 희망을 품을 수 있을까? 하느님이 미래를 직접 보여준다고 할지언정, 나는 나의 미래로 받아들일 수 없는 상황이었다. 정말 그 상황에서 내게 희망이라는 게 남아 있을 수 있었을까? 희망이라는 술래가 나를 찾으려 나설 수나 있었을까? 죽음보다 깊은 절망으로만 가득 찬 엘리베이터 안에서 희망을 노래할 수 있었을까?

재활 운동

　병원에서 더는 처방할 내용도 없고, 치료해야 할 것도 없었기에, 나는 재활을 위해서 병원을 옮겨야 했었다. 휠체어에 앉아 살아가는 법을 배우는 일만 남아 있었다. 퇴원 수속을 하고 다른 병원으로 옮겨가기 위해 아버지는 나의 바지를 갈아입히면서 하염없이 눈물만 흘리셨다.

　"왜 우세요? 그만 우세요. 저는 괜찮습니다."라고 말씀은 드렸지만, 나 역시 기가 막히고 어처구니가 없어 눈물조차 나지 않았다. 아직도 그때 그 장면이 사진을 보듯 또렷하게 살아온다. 움직이지 못하는 막내아들의 다리를 붙들고 옷을 갈아입히면서 눈물을 흘리시던 아버지의 모습이 가슴에 박혀 들어온다. 아버지는 어떤 심정이셨을까?

　병원을 옮기고 난 후 나는 매일 물리치료를 받았다. 골반을 돌리고 무릎을 세워서 오른쪽, 왼쪽으로 눕혔다 세웠다 하는 동작을 반복하며, 발목을 돌리고 엉덩이를 드는 연습을 했다. 대부분의 마비 환자와는 다르게 나는 다리의 관절이 굳어 있지 않아 치료를 수월하게 받을 수 있었다.

나의 셋째 형 덕분이었다. 수술을 마치고 일반 병실에 입원해 있을 때, 형은 신혼 재미도 뒤로한 채 하루도 빠지지 않고 찾아왔다. 퇴근을 하면 집으로 먼저 가는 것이 아니라 항상 병원을 먼저 들렀고, 올 때마다 다리를 마사지하고 움직이지 못하는 다리를 드는 등 운동을 시켜 주었다.

"욕창에 걸리지 않게 자주 자세를 바꾸어야 한다. 다리를 운동시켜 주어야 관절이 굳지 않는다."라고 말하면서 나를 살펴 주었다. 형의 헌신적인 노력 덕분에, 나는 관절이 굳어 있지 않은 상태로 물리치료를 받을 수 있었던 것이었다. 그만큼 시간을 줄일 수 있었다.

재활병원이라고 해서 사회에 진출하기 위한 재활훈련을 받는 것이 아니라 물리치료를 받는 것이 전부였다. 휠체어를 어떻게 혼자 타야 하는지, 혼자서 어떻게 생활해야 하는지는 일절 가르쳐 주는 것이 없었다. 지금은 어떻게 변했는지 모르겠지만, 1994년도의 그때는 그렇게 했었다.

나는 여전히 혼자서는 휠체어조차 타지 못하고 있었다. 물리치료를 받으러 가기 위해 휠체어에 앉을 때마다 엄마는 다리를 잡고, 아버지는 겨드랑이에 손을 끼워 나를 통째로 들어서 휠체어에 앉혔다.

하반신마비의 정도는 사람마다 달랐다. 나는 감각이 남아 있어 불완전마비로 분류되었다. 감각이 있다고 해서 왜 불완전마비인지는 모르겠지만, 남아 있는 감각이 재활에 많은 도움을 주었다. 나는 휠체어에 앉은 상태에서 발판 아래로 다리를 내리고 휠체어 손잡이를 잡고 팔을 쭉 뻗어 몸을 일으키면 무릎관절이 꼿꼿하게 펴졌다. 그런 상태에서 손으로 침대 난간을 쭉 잡아당기며 몸을 앞으로 일으켜 세우면 잠시나마 양쪽 다리로 지탱하여 설 수 있었다. 일어설 수만 있었지 한 발짝도 움직일 수는 없었다. 잠깐이라도 서 있을 수 있었던 것은 감각이 있었기 때문이었다. 다리에 힘이 들어오는지 아닌지를 느낄 수 있었는데, 힘이 들어오는 것은 내가 힘을 주는 것이 아니라 다리에서 일어나는 경직 중의 하나였다. 경직이 일어나 다리에 힘이 들어오는 것을 느낄 때, 침대 난간을 잡고 잡아당기면서 일어서는 것이었다. 비록 중심을 잡지 못해 흔들리다가 휠체어에 바로 주저앉았지만, 조금이라도 설 수 있다는 것에 희망이 생기기 시작했다.

재활 병동이라, 어깨높이에 바퀴가 네 개 달린 큰 보조기구가 있었다. 넘어지지 않게 튼튼하게 만들어져 있는 도구였다. 상체는 온전하기에, 팔심으로 매달린 후에 다리를 뻗어 일어서서 그 기구를 겨드랑이에 끼고 밀면서 걷는 연습을 하게 되었다. 걷는 다는 것이, 스스로 다리를 움직여서 걷는 것이 아니기에 걷는다 고 할 수조차 없었다. 보조기구를 겨드랑이 아래로 끼고 팔로 지 탱하면서 허리를 앞으로 차는 것처럼 몸을 비틀면 다리가 허리를 따라오면서 앞으로 가게 만드는 것이었다. 왼쪽으로 허리를 틀어 왼 다리를 앞으로 내밀고 오른쪽으로 허리를 틀어 오른 다리를 앞으로 내미는 형식이었다.

무릎관절을 굽혀서 걷는 것이 아니라 똑바로 펴서 걷는 형태 이기 때문에, 바닥이 미끄러워야 앞으로 나아갈 수 있었다. 미끄 럽지 않으면 신발이 붙어서 떨어지지 않기 때문이다. 나는 아침, 점심, 저녁으로 하루에 세 번씩 걷는 연습을 하였다. 식사 후 보 호대를 착용하고 운동을 시작하는데, 병원 복도를 왕복하여 거의 100미터 정도 되는 거리를 걷는 것이었다. 온몸을 비틀며 앞으로 나아가는 운동이라, 그렇게 움직일 때마다 보호대 속으로 땀이 강물이 되어 흘렀다. 척추고정 때문에 보호대를 벗고 운동할 수 없어서 환자복은 물에 적셔놓은 듯했다.

'하루 쉴까?' 하는 마음이 들 때도 있었지만, 바지를 갈아입힐 때 흘리시던 아버지의 눈물이 떠올랐고, 당뇨로 인해 바짝 마른 몸으로 나의 뒤처리를 해주시는 엄마의 거친 손과 차가운 병원

바닥에 돗자리 하나 깔고 주무시는 부모님을 보면 게으름을 피울 수가 없었다. 할 수 있는 최선을 다해야 했다.

어느 날 아침을 먹고 다시 걷는 운동을 하기 위해 병원 복도에서 한 발 한 발 몸을 틀면서 앞으로 나아갔다. 그런데 조금 가자마자 소변이 마려웠다.

엄마가 소변 통을 가지러 황급히 병실로 달려가는 모습을 보는 그사이에 바지 속에서는 소변이 새어 나오고 있었다. 나는 잠시도 버티지 못했다.

그때 지나가던 꼬마가

"엄마. 저 아저씨 오줌 쌌나 봐. 저것 봐. 엄마 봐! 봐~."라고 했고, 나는 흘러내리는 소변과 함께 수치스러움으로 그 장면을 지켜보고 있었다.

아이 엄마가 아이의 손을 끌 듯이 잡아당기면서 뭐라 뭐라 하고는 횡~하니 가는 모습을 보았을 때, 치밀어 오는 자괴감과 수치스러움이 또다시 나를 잡아먹고 있었다. 부모님을 생각하며 일어서려는 나의 의지를 또다시 깊은 나락으로 빠트리고 있었다.

그 일이 있고 난 뒤, 나는 일주일 동안 병실에서 꼼짝도 하지 않고 누워있었다. 그런 일을 또 당할까 봐, 수치스럽고 부끄러워서 움직일 엄두가 나지 않았다. 종일 누워있는 나를 보고 속상해하시는 엄마를 보면서 나는 마음이 아려왔다. 당뇨로 인해 몸이 편찮으신 엄마는 당신 몸 하나 건사하는 것도 힘드실 텐데, 내색하지 않고 나를 보듬어 주셨건만, 나는 실의에 빠져 움직이지 않고 있었으니, 세상에 이런 불효는 없는 것 같았다. 나는 용기를 내어 보기로 했다. 한 번의 쪽팔림으로 재활 운동을 그만둔다는 것은 너무 빠른 포기로 생각했다. '난 환자니까, 어떤 모습을 보여도 상관없다.' 이렇게 생각을 바꿨다. '내가 비장애인하고 똑같으면 여기서 이 짓을 하고 있을 이유가 없지 않은가?' 하는 생각이 든 것이었다. 그때부터는 조금은 당당하게 병원 복도를 왕복하면서 운동을 할 수 있었다. 가끔 바지에 오줌을 쌀 때도 있었지만, 이번에는 개의치 않았다.

나는 병원에서 소문이 날 정도로 운동을 열심히 하는 독종이 되어 있었다. 하지만 죽은 신경으로 운동을 해서 몸을 만드는 데엔 한계가 있었다. 죽은 신경에 의해 생기는 현상은 그 어떤 노력에도 소용이 없었다. 운동으로 해결할 수 있는 것이 아니었다. 그래도 할 수 있는 노력은 다했다. 운동을 한다고 해서 크게 나아지는 것은 없었지만, 하루라도 하지 않으면 금방 표가 났다.

시간은 흘러 뜨거운 여름, 건강보험으로 입원을 할 수 있는 기간이 지나 퇴원하기로 하였다. 내가 아무리 병원에 있고 싶어 해도 비급여로 병원에 머무를 수가 없었기 때문이었다.

94년 9월에 입원하여 수술하고, 재활을 위해 병원을 옮긴 이후

95년 7월에 나는 어쩔 수 없는 퇴원을 하게 되었다.

밀양 고향으로 돌아오면서, 부모님이 더 이상 차디찬 병원 바닥에서 주무시지 않아도 된다는 것이 나에게는 유일한 위안이었다. 내가 병원에서 재활 운동을 하던 그 시점에, 아버지는 나의 퇴원 날짜에 맞추어 집을 수리하였고, 휠체어를 타고 다님에 있어 문제가 없도록 개조해 두었다. 대기업 신입사원이 되어 가득한 희망을 안고 걸어서 나간 집을 이제는 휠체어에 앉아 희망 대신 절망을 안고 고향으로 돌아오게 되었다. 휠체어를 타고 마당으로 들어서는 순간, 나도 모르게 눈물이 흘렀다.

나는 정말 운이 좋은 사람입니다

희망이라는 게 있을까

고향 시골집에는 마당이 두 개가 있다. 대문을 열고 들어가면 바깥마당이 있고, 마당을 지나 안채 대문을 열면 안마당과 위채 그리고 사랑채가 있다. 사랑채에 누워 하늘을 바라보며 내 집을 짓고 살고 싶다는 꿈을 꾸기도 했던 곳이다. 어릴 적에는 바깥마당이 얼마나 크게 느껴졌는지, 공도 차고 야구도 하며 매일 뛰어놀았다. 그럴 때마다 할아버지는 먼지 날린다면서 호통을 치시고는 했다. 어릴 적 뛰어놀았던 바깥마당을 이제는 휠체어를 타고 다녀야 했다. 추억으로 가득한 바깥마당은 즐거운 공간으로 다가오는 것이 아니라 나의 처지를 각인시켜 주는 아픔의 공간으로 다가왔다. 아버지는 내가 휠체어를 타고 편하게 다닐 수 있도록 사랑채 마루를 다 뜯어내었다. 안쪽으로는 서서 운동할 수 있게 평형대도 있었다. 나는 평형대에서 운동하기도 하고, 워커라는 보조기구를 가지고는 바깥마당을 돌기도 했다. 토, 일요일이 되면 방문 밖을 나서지 않았다. 주말이면 동네를 찾는 사람들이 나를 볼까 두려웠기 때문이었다. 나는 사람들의 시선이 두렵고 싫었다. 신경이 죽은 상태에서 하는 운동이라 더 나아지지 않았고, 매일 하는 운동에 지쳐가고 있었다. 삶에 대한 집착도 이미 버린 상태였다. 여기에서 내가 할 수 있는 것이 무엇이 더 있을까?

그날도 사랑방 한구석에서 나는 소리 나지 않게 울음을 삼키고 있었다. 눈앞에 있는 등산 장비를 보며 다시는 산에 오를 수 없다는 사실이 비수처럼 날아와 가슴을 도려내고 있었다. 지난날 멘토 선생님을 따라 함께 오르던 지리산이 생각나 나를 더 아프게 했다.

지리산은 사계절마다 각각 다른 얼굴을 하고 있다. 나는 그중에서도 겨울 산행을 제일 좋아했다. 추운 것은 뒷전으로 하더라도 겨울의 지리산이 가장 마음에 들었다. 눈 덮인 산을 오를 때는 꼭 흰 구름을 밟고 오르는 듯한 기분을 느끼게 해줬기 때문이다. 구례 화엄사에서 출발하여 10km를 오르면 노고단 산장이 나온다. 노고단을 거쳐 연하천 산장을 지나면 세석평전을 볼 수 있다. 봄에는 철쭉의 붉음이 온 가득 산을 채우고 있지만, 겨울에는 하얀 눈으로 덮여 눈을 제대로 뜰 수가 없다. 세석평전을 지나 장터

목에 여정을 풀고 새벽에 일출을 보기 위해 준비한다. 겨울에는 날씨가 하루하루 다르고, 시간 시간이 다를 때가 많다. 새벽 일찍 눈보라를 헤치고 천왕봉 정상에 올랐지만, 눈보라와 구름에 가려 일출은 볼 수가 없었다. 그러고 보니 나는 단 한 번도 천왕봉 일출을 보지 못했다. 아쉬움을 뒤로하고 천왕봉을 내려와 함양 마천에서 막걸리 한잔 마시고 나면, 3박 4일에 걸친 지리산 종주는 끝이 난다.

지리산의 아름다움이 가슴속에서 살아나 심장을 뛰게 했다. 하지만 지금의 나는 대기업 신입사원에서 한순간의 교통사고로 하반신마비 장애인이 되어 마당 한구석 휠체어에 앉아 있다. 심장만 뛰었지, 두 다리는 여전히 한 치도 움직이지 못하고 있다. 나는 이 상황에 자꾸만 눈물이 났다. 그날 그 사고로 죽지 못한 것에 대한 원망은 지워지지 않았다. '차라리 그때 그 자리에서 그냥 죽었더라면.' 하는 생각이 끊임없이 맴돌았다.

2장

희망이
술래다

영어 선생님과 컴퓨터

　석방된 이후 셋째 형과 함께 부산 동아대 앞에서 자취 생활을 하게 되었다. 가족의 감시망에서 벗어날 수가 없었기에, 형을 따라 동아대로 갈 수밖에 없었다. 나에게는 선택의 권한이 없었다. 나는 형과 함께 생활하면서 4개월 동안 막노동을 하였고, 번 돈으로 기사 자격증을 취득하기 위해 학원에 등록하였다. 형은 자신이 듣던 영어강좌에 내 의사와는 상관없이 등록하고 수강할 것을 강요했다. 대학 정규과정의 강의가 아니라 대학 내에서 가외로 하는 영어강좌였다. 나는 어쩔 수 없이 학원과 영어강좌 수강을 병행해야 했다.

　살다 보면 뜻하지 않은 일로 생각과 관점이 바뀌어 삶의 전환점을 맞이하는 경우가 있다. 형의 강요로 듣게 된 영어강좌가 나의 삶을 바꾸는 계기가 되었다. 선생님은 단지 영어만 가르쳐 주신 것이 아니라 내게 세상을 바라보는 관점과 생각 그리고 마음을 어떻게 사용하고 들여다보아야 하는지도 가르쳐 주셨다. 참을 참으로 보면 참이고, 거짓을 거짓으로 볼 수 있는 것도 참이라는 것이다. 내가 누군지, 그리고 어디서 왔는지, 어떻게 살아야 바르게 사는 것인지에 대한 조언을 들으며 나는 선생님을 좋아하게 되었고, 내 삶도 점차 바뀌게 되었다.

나는 내가 좋아하는 선생님에게 인정받고 싶어 열정적으로 공부했다. 에센스 한영사전에 나오는 모든 단어를 분류하라는 엄두도 내지 못할 숙제를 내주었지만, 나는 그 숙제를 해냈다. 사전에 나오는 단어 하나하나에 묻어 있는 의미를 찾아내고, 단어를 문장 구조에 맞게 분류하면서 영어 단어가 가진 의미만 찾은 것이 아니라 삶의 의미도 찾았던 것 같다. 동아대에서 선생님과 함께한 2년이라는 시간을 보내고, 복학한 후에도 나는 도서관에서 밤새며 숙제를 하였다. 과 동기들은 전기기사 자격증 시험을 준비하며 밤을 새울 때, 나는 선생님이 내어준 영어 숙제를 하면서 밤을 새웠다. 마지막 장을 덮고 정리를 끝낸 후 3권으로 제본하여 선생님께 드렸다. 선생님이 내준 숙제를 다 한 덕분에 어려운 여건에서도 대기업 공채에 합격할 수 있었다고 확신한다.

사랑방에 하릴없이 누워있는 동안 열정적으로 살아왔던 그 시절이 떠올랐다. 비록 실의에 빠져 의미 없는 삶을 살아가고 있었지만, 2년 넘게 걸쳐 정리했던 영어자료를 컴퓨터로 옮겨 정리를 다시 해볼까 하는 마음이 나를 떠밀고 있었다. 의미 없고 희망 없는 시간을 보내며 절망과 죽음을 생각하기보다는 차라리 그거라도 하고 있으면 조금 나아지지 않을까 하는 생각을 했다. 제본해 둔 자료가 있기에 컴퓨터로 옮기기만 하면 되는 것이었다.

나는 컴퓨터의 사양에 대해서는 아무것도 모르는 상태에서 카탈로그만 보고 컴퓨터를 구매했다. 도스와 윈도우3.1을 사용하던 시절이라, 처음부터 하나하나씩 배워야 했다. 회사에 다닐 때, 나름 설계하면서 컴퓨터를 사용한 경험이 많은 도움이 되었다. 워드를 이용하여 영어자료를 정리하기 시작했다. 종일 자료만 정리할 때도 많았다. 마감일이 있는 것이 아니었지만, 운동시간을 제외하고는 그 일에 매달렸다. 자료를 정리하는 중에 막간을 이용해서 게임을 해보려고도 했다. 그런데 게임이 실행되지 않는 것이었다.

'out of memory'라는 창만 계속 뜨고 실행이 안 되는 것이었다. 한 번 안 되는 것을 여러 번 실행한다고 되는 것은 아니었지만, 클릭할 때마다 컴퓨터는 같은 에러 메시지만 반복하고 있었다.

왜? out of memory가 뜨는 것일까? 궁금해서 잠을 잘 수가 없었다. 해결 방법을 찾기 위해 PC통신으로 이리저리 뒤지고 다녔다. 컴퓨터를 공부하는 데 있어 영어는 꽤 많은 도움이 되었다.

컴퓨터를 할 때마다 발생하는 에러들을 하나씩 해결하고 보니, 컴퓨터의 하드웨어가 궁금해지기 시작했다.

CPU, 메모리 등 하드웨어의 역할과 특성에 대해 자료를 찾아보고 공부하기 시작했다. 때로는 해결이 되지 않거나 모르는 것이 있을 때는 통신으로 물어보기도 했고, 하드웨어를 점검해 주는 프로그램을 내려받기도 하고, 외국 사이트에서 답을 구하기도 했다.

어느 날 나는 드디어 컴퓨터 뚜껑을 열게 되었다. 순서가 다 그렇게 되는 것 같다. 직접 눈으로 확인해야 했기 때문이었다. 나는 컴퓨터를 열어 부품 하나씩 살펴보고, 분해하고 조립을 반복하며 종일 컴퓨터에 빠져들었다. 컴퓨터에 몰입해 있는 동안에는 짜증을 내지 않았으니, 부모님께서도 한시름 놓았을 것 같았다.

한참 컴퓨터를 가지고 놀고 있던 어느 날, 병원에서 만난 형으로부터 전화가 왔다.

"나도 지난달에 퇴원했어. 너희 집에 놀러 가려고 하는 데, 가도 될까?"라고 묻는 것이었다. 나는 반가운 마음이 들어, 언제든지 환영한다고 했다. 형은 손수 운전을 하고 우리집으로 왔다. 형이 컴퓨터에 관심을 보이자, 나는 신이 나서 이것저것 막 설명하고 이야기했다. 만약 형이 컴퓨터를 마련하면 내가 아는 것을 전부 가르쳐 주겠다고 약속하니, 형도 컴퓨터를 구입하겠다고 했다.

며칠 후 형은 컴퓨터를 구입했고, 나는 형네 집으로 컴퓨터를 가르쳐 주러 갔다.

　사고 이후 처음으로 남의 집에서 며칠을 묵게 되었다. 그동안 내가 배운 것을 며칠 안에 다 가르쳐 주는 것은 불가능했지만, 형은 나름 많은 관심을 가지며 배우려고 하였다.

　그날 이후 나는 평소와 다름없이 고향 집에 머물면서 컴퓨터를 가지고 시간을 보내고 있었다. 형이 불현듯 연락도 없이 우리 집을 찾아와서는

　"창원대 앞쪽에 조그만 가게가 딸린 집을 하나 가지고 있어. 그곳을 개조해서 컴퓨터 가게를 하려고 하는데, 네 생각은 어때?"라고 물어보는 것이었다.

　형은 자기네 집에서 하는 것이니 비용 걱정도 없고, 돈을 꼭 벌어야 하는 것도 아니니 놀기 삼아 해보자는 것이었다. 집에 이렇게 있는 것보다야 낫지 않겠냐고 설득했지만, 나는 왠지 낯선 환경으로 나아가는 것이 두려웠다. 휠체어를 타고 무엇인가를 한다는 것을 상상할 수가 없었다. 아니, 무엇인가를 한다기보다 사람들 틈 속에서 휠체어를 타고 있는 내 모습이 더 초라해져 보일까, 그것이 더 두려웠다. 나는 부끄러움에 여전히 망설이고 있었다.

희망인 술래가 나를 찾을 수 있을까

　'눈에서 멀어지면 마음에서도 멀어진다.'라고 하는 말이 있듯이, 부모님도 그러셨으리라 생각한다. 마음에서 멀어지는 것은 아니었지만, '보고 있지 않으면 그나마 마음이 좀 편하지 않을까?' 하는 생각을 하게 되었다. 밥벌이하러 가는 것은 아니었지만, 집을 떠나 창원으로 간다면 부모님도 그나마 다행이라 여기시지 않을까 생각했다. 며칠을 고민한 끝에 나는 형과 함께 컴퓨터 가게를 하기로 마음먹고 창원으로 향하게 되었다.

　창원대학교와는 꽤 거리가 있는 주택가 안쪽에 형의 집이 있었다. 2층으로 된 단독주택이었다. 마당 옆쪽에 다섯 평 정도 되는 조그마한 가게가 있었고, 집 뒤로 돌아가자 패널로 새로 지은 가설건축물이 눈에 띄었는데, 그 안에는 휠체어가 지나다닐 수 있게 양쪽으로 싱글침대 두 개가 놓여있었고 화장실과 부엌이 갖

추어져 있었다. 부엌이라고 해봐야 조그만 싱크대 하나 있는 것
이 전부였다. 패널로 지은 집이라는 것을 감안하더라도 집 뒤를
따라 길게 있어서 아늑한 느낌은 들었다. 양쪽 침대 끝으로 칸막
이를 치고 또 하나의 침대가 있었다. 그 침대의 주인공은 형의 조
카였다. 그 조카는 우리의 손발이 되어 주기 위해 오게 되었다고
했다. 우리 세 명은 그렇게 좁은 패널로 만든 가설건축물에서 함
께 생활하게 되었다. 새로운 시작을 알리는 순간이었다.

　1997년, '창원PC월드'라는 상호로 컴퓨터 가게를 열었다. 형
은 산업재해로 급여를 받고 있었기에, 내 이름으로 사업자를 등
록하고 영업을 시작하였다. 형은 창원 공구상가에서 장사를 하고
있는 사장을 알고 있었다. 형이 잘 아는 그 사장은 우리가 가게를
열 수 있게끔 간판부터 사무실 내에 컴퓨터 부품을 세팅하고, 진
열하고, 조립을 하는 것까지 일체를 가르쳐 주었다. 형은 경추신
경 손상으로 손을 잘 사용할 수 없었다. 손을 자유롭게 사용할 수
있는 내가 컴퓨터를 다루고, 조립하고 하는 등의 일을 모두 맡게
되었다.

　가게를 오픈하긴 했지만, 애써 돈을 벌어야겠다는 생각은 형이
나 나나 둘 다 없었다. 무료한 일상을 달래줄 소일거리 정도로 생
각하고 있었기 때문이었다. 개업은 했어도 주택가 한쪽 구석에 있
는 작은 컴퓨터 가게가 눈에 띄는 것이 아니어서 찾아오는 사람

은 거의 없었다. 광고를 하는 것도 아니었으니, 그저 가게 문을 열고 우리는 좋아하는 컴퓨터를 가지고 그냥 놀고 있는 수준이었다.

다섯 평 정도 되는 가게 안은 휠체어 두 대가 다니기에는 좁은 공간이었다. 그래서 한 번 자리 잡으면 움직이지 않고 그냥 그대로 앉아 종일 모니터만 보고 있을 때가 많았다. 가게 문은 열고 있었지만, 간혹가다가 들어오시는 손님만 맞이할 뿐, 가게를 벗어나 외부 활동을 한다거나 다른 곳으로 간다는 것은 엄두도 내지 못했다. 나는 여전히, 세상으로 나가면 사람들이 나를 이상하게 쳐다볼 거라는 생각을 떨쳐 버릴 수 없었고, 그 시선들이 무서워 나가기를 두려워했다.

다시 창원으로 내려왔지만, 다섯 평의 가게 안이 내 세상의 전부였다. 나름 독립한다며 부모님을 떠나 혼자서 생활하며 지냈지만, 그곳은 사람들을 피해 도망 나온 또 다른 감옥에 불과했다. 희망 없이 하루하루를 살아가는 다섯 평의 공간이었다. 누구의 강요도 없었지만, 나는 나 스스로 감옥을 만들어 그 안에서 생활하고 있었다.

장애를 입고 컴퓨터 판매 일을 하면서 사람들을 만나는 게 처음에는 두려웠다. 편견으로 보지는 않을까? 장애인이라는 선입견을 품고 멸시하거나 함부로 하지 않을까? 하는 열등감 때문이었다. 괜한 자괴감과 열등감이 나를 사로잡아 사람들이 "병신들 육갑하네. 휠체어를 타고 무슨 일을 한다고 지랄들인지…. 쯧쯧!" 이렇게 생각하진 않을까? 하는 두려움으로 가득했다.

하지만 그런 두려움은 나의 열등의식이 불러온 것이라는 사실을 일하는 동안 깨닫게 되었다. 내가 지금까지 20여 년 넘게 이 일을 하고 있지만, 단 한 사람도 내가 장애인이라 해서 무시하고 멸시하지 않았다. 세상 사람들이 장애인에게 편견이나 선입견을 심어주는 것이 아니라 장애인인 나 스스로가 그런 편견과 선입견을 만들었던 것 같다.

시간이 흐르면서 가게에서 벗어나는 일은 없지만, 내 이름을 걸고 사업을 처음 시작하는 것이라 아무리 소일거리로 치부하더라도 대충대충 하면 안 되겠다는 생각이 피어나기 시작했다. 나름의 노력을 해보고 싶다는 마음이 들었다. 나는 형과 의논한 후에 벼룩시장, 교차로에 광고도 내고, 어설프지만 홈페이지를 만들어 온·오프라인으로 운영하기 시작했다. 시간이 지나면서 조금씩 나아지는 듯했다. 한 분씩 손님이 늘면서 가끔 바빠질 때도 있었고, 사람들이 더 자주 찾아오다 보니 새로운 인연도 맺어졌다. 하지만 내가 세상을 향에 나아감에 있어 다섯 평 가게의 문턱은 여전히 내게는 높은 벽이었다.

희망이라는 술래가 찾기 쉽게 머리카락이라도 보여줘야 할 때였지만, 그런데도 나는 꼭꼭 숨어있었다. 머리카락이 보일까 봐.

친구

　창원으로 넘어와 일하는 동안 컴퓨터 가게도 어느새 알음알음 입소문을 타며 조금씩 발전하고 있을 때였다. 사고 이전에는 캐드로 에어컨을 설계하던 업무를 맡고 있었기 때문에, 다른 것은 몰라도 캐드는 어느 정도 지식이 있었다. 손님 중 간혹 캐드에 관한 문제를 풀지 못한 분들이 있었다. 에러를 해결하기 위해 수소문하던 차에 어떻게 알게 되었는지 나를 찾아오게 되었고, 나는 그들이 고민하는 에러를 해결해 주었다. 그분들이 나중에 가게를 소개해 주는 고객이 되었다.

　컴퓨터 가게를 열고 1년여가 지난 어느 날, 거래처의 직원이 바뀌었다며 새로 인사를 왔다. 컴퓨터 부품을 주문하면, 거래처 직원이 납품을 와서 휠체어를 타고 있는 나를 대신해 부품정리와 사무실 정리를 도와주었다. 업무상 그 직원과 자주 만나게 되면서 자연스럽게 가까워졌고, 이런저런 일상의 이야기를 나누다 보니 나와 같은 고향에 나이도 같다는 것을 알게 되었다. 같은 고향에 나이가 같다는 이유 하나만으로도 우리는 친구가 될 수 있었다.

그는 부산에서 컴퓨터 대리점을 크게 운영하고 있었으며, 꽤 많은 돈을 벌었다고 했다. 대출을 끼고 부동산을 매수했는데, IMF가 터지면서 부도를 맞았다고 했다. 그 친구 역시 아픔이 많았다. 두 아이의 아빠이자 가장으로 힘들고 어려운 시기를 보내고 있었던 것이었다. 처지는 달랐지만, 친구와 나는 동병상련의 아픔을 느끼게 되었다.

퇴근 후에 친구는 자주 가게에 들렀다. 가게에서 소주 한 병을 놓고 각자 살아온 이야기를 꺼내 놓으며 가끔은 속내에 있는 것까지 드러내게 되자, 우리는 점점 가까워졌다.

친구는 동아대를 나왔다고 했다. 나도 형과 함께 동아대에서 2년 넘게 공부를 한 적이 있었다고 했다. 동아대에 얽힌 이런저런 이야기를 하던 도중에, 도서관에서 공부하고 있었는데 갑자기 불이 꺼졌던 이야기를 꺼내자, 친구는 당시 술을 먹고 자기가 장난을 친 것이라고 하면서 웃어댔다. 우리는 술을 한잔 걸치며 "도서관에 불을 끈 게 그게 바로 너였나? 이기 정말!" 하고 너스레를 떨며 지난날의 추억을 공유하면서 마주 보고 웃을 수 있었다.

우리는 같은 고향, 같은 나이라는 이유만으로 평생을 알고 지내왔던 친구처럼 가까워졌다. 여느 날과 같이 퇴근 후 가게 문을 닫고 있는데, 친구가 소주 한 병을 들고 사무실로 찾아왔다. 소주 한잔 걸치며 적당히 흥이 오르자, 친구가 대뜸 이러는 것이었다.

"야, 우리 노래방 가자!"

얼떨결에 들은 말이라 나는 정색을 하고 말했다.

"아니, 난 싫다. 난 안 간다."

"가자. 거기가 뭣이라 안 가려고 하는데." 친구는 같이 가자며 자꾸 억지를 쓰고 있었다.

"그만 해라. 안 간다니까. 왜 자꾸 가자고 그러니. 너도 내 꼬락서니를 봐라. 내가 이 꼴로 어딜 가겠니? 노래방을 가자고. 어림도 없다. 안 간다. 쓸데없는 소리 하지 마라."라며 나 역시도 고집을 피우고 있었다. 친구는

"지랄. 네가 뭐가 어떤데. 휠체어 타는 게 그리 쪽팔리나…. 지랄하지 말고 가자."

"지랄, 안 간다니까. 자꾸 그러지 마라." 어쩌면 나는 친구에게 들킨 속내가 더 부끄러웠는지 모른다. 사실 가게에서 조금만 가면 노래방이 있었지만, 막말로 쪽팔려서 가지 못했다. 여전히 밖을 나서면 전부 나만 보는 것 같아 나갈 수가 없었다. 세상에 나혼자 병신이 된 것 같은 자괴감이 밀려와 자꾸만 세상과 담을 쌓

게 되었고, 그 담 안에 숨어 사는 것에 익숙해져 있었다. 가게 문턱을 넘는 것은 휠체어에 앉아 지리산을 넘는 것만큼이나 나에게는 어려운 일이 되어 버렸다.

"가자니까. 뭣이 그리 쪽팔리는데…. 세상에 병신이 너 혼자가. 지랄도 아주 가지가지 한다. 확 마~~~때려불라."라고 하며 친구는 언성을 높였다. 나도 끝까지 버티고 있었다.

"가자. 네가 안 가면 어쩔 건데." 하며 친구는 막무가내로 휠체어를 밀고 나가는 것이었다. 나는 휠체어 브레이커를 걸어 보았지만, 친구의 덩치와 힘에는 소용이 없었다. 휠체어는 브레이커가 걸린 채 밀려가고 있었다. 나는 어쩔 수 없이 자포자기하는 심정으로 친구에게 말했다.

"알았다…. 됐다…. 됐다. 그래…. 가자…. 그만 밀어라."

"진작 그럴 거지."라며 친구는 뒤에서 승리의 미소를 짓고 있는 것 같았다.

대학 시절 음정 무시, 박자 무시로 주변에 웃음을 주며 다녔던 노래방을 사고 이후 처음으로 다시 가보게 되었다. 노래방들이 거의 지하나 2층에 있어서 친구랑 나는 넓은 동네를 돌고 돌아 간신히 엘리베이터가 있는 노래방을 하나 찾아 들어갔다. 휠체어가 갈 수 있는 노래방을 찾아 돌아다니는 내내 가슴이 아팠다. 예전 같았으면 생각도 하지 않고 다녔던 장소들을 계단이나 엘리베이터가 있는지 없는지, 휠체어가 들어갈 만큼의 공간이 있는지, 문이 좁은 건 아닌지부터 사소하다고 할 수 있는 그런 것까지 하나하나 살폈어야 했으니 말이다. 친구에게 떠밀려서 사고 후에 처음으로 노래방을 다녀오고부터 내가 가지고 있는 세상에 대한 두려움과 부끄러움이 조금씩 줄어들었다. 세상 모든 일이 처음 하는 것이 어렵지, 한 번 해보고 나면 그다음부터는 수월해지는 것이 진리인 것 같다.

친구와 함께 처음 노래방을 다녀온 이후로 우리는 더 자주 노래방에 갔다. 엘리베이터가 없는 노래방이라도 개의치 않았다. 지하든, 2층이든 휠체어가 가지 못하면 친구가 나를 업고 데려갔기 때문이다. 친구의 등은 업히는 처량함과 자존심을 버리게 할 만큼 따뜻했다. 비록 친구의 등에 업혀 가곤 했지만, 함께하는 순간이 재미있었고 즐거웠다. 몇 년 만에 느껴 보는 해방감 같은 것이 몰려왔다. 나는 친구의 등에 업혀 세상으로 나가고 있었다.

어느 날 친구는 창원에서 사람들이 제일 많이 다니는 번화가로 나를 데리고 갔다. 사람들 틈에서 나는 휠체어에 앉아 포장마차 한구석에 자리 잡고 친구와 어묵도 먹고, 소주도 한잔 걸쳤다. 그러면서 사람들이 휠체어에 앉아 있는 나를 구경하는 것이 아니라 내가 사람들을 구경하고 있었다. 사람들이 살아가는 진솔한

면을 보면서 '다들 이렇게 열심히 살아가는데, 그동안 나는 무엇을 하고 있었나?' 하는 생각이 들었다. 많은 사람이 나만 쳐다볼 거라 지레짐작한 것이 얼마나 큰 착각이었는지 알게 되었다. 대다수 사람은 자기 자신 외에 다른 존재들에 대해 관심이 거의 없었다. 친구로 인해 나는 다시 세상 밖에서 사람들을 보게 되었고, 친구와 함께 더 자주 나들이하였다. 친구와 많은 시간을 함께한 덕분에 나는 세상 밖으로 좀 더 빨리 나갈 수 있었다. 세상 밖으로 나가는 것과 사람들을 다시 만나는 것에 대한 두려움은 점차 사라지게 되었다.

가끔 주말이 되면 셋째 형이 가게로 찾아온다. 고향에 있을 때도 그랬지만, 항상 주말만 되면 형은 나를 찾아왔다. 가족과 함께하는 시간보다 혼자 있을 동생이 더 애처로워 주말만 되면 나를 데리고 목욕탕에 갔다. 목욕탕에 있는 사람들이 매주 한 번도 빠지지 않고 동생을 업고 목욕을 오는 나의 형에게 정말 착하고 대단하다고 말하면서 형제의 우애가 참 좋다고 칭찬이 자자했다. 나는 셋째 형 외에는 그 누구와도 같이 목욕탕을 가지 않았다. 어느 주말 형이 급한 일이 생겨 혼자 가게에 있던 날, 친구가 목욕탕에 가자고 왔었다. 친구도 내가 형과 주말마다 목욕탕에 가는 것을 알고 있었는데, 형이 오지 못한다는 사실을 알고는 나를 데리고 목욕탕에 가기 위해 시간을 내어 일부러 왔던 것이었다. 사고 이후 처음으로 형의 등이 아닌, 친구의 등에 업혀 목욕탕에 갔다. 감히 상상도 하지 못했던 일을 나는 친구 등에 업혀서 하고 있었다. 친구가 아니었다면 나는 여전히 내가 만든 세상의 감옥에 있었을지도 모를 일이었다. 친구가 있었기에 용기를 낼 수 있었고, 친구가 있었기에 다시 세상을 바라볼 수 있었다.

친구에게 보내는 편지

"2011년 9월 어느 날, 문득 네가 보고 싶어 네가 일하고 있는 부산으로 간다고 했지. 토요일 오후 5시. 업무를 마치고 가족을 데리고 부산으로 갔어. 하필 가는 날이 장날이라고 세계 불꽃 축제가 있는 날이라 차가 엄청나게 막혔어. 1시간도 채 걸리지 않을 거리를 장장 네 시간이나 걸려 도착했고, 9시가 넘어서야 친구와 마주 앉아 밥을 먹을 수 있었어. 그런데 그게 친구 너와 마지막 만남이 될 줄 꿈에도 몰랐어. 허리가 아프고 몸이 안 좋다고는 했지만, 그 정도일지는 몰랐어. 어느 날 네가 갑자기 전화를 해서 암세포가 온몸으로 전이되어 척수 신경까지 손상되었다고 했지. 너도 하반신이 마비되어 움직이지 못하는 상태라고 이야기하면서 어떤 것을 조심하면 되느냐고 나에게 물어보앉어. 그러고는 나에게 "이제서야 너를 이해할 수 있겠구나."
라는 마지막을 남기고 너는 떠났어. 그것이 친구 네가 나에게
한 마지막 말이 되었어. 내가 너를 보기 위해 가려고 하니 너는
오지 말라고 했어. 아마도 초췌한 너의 모습을 내게 보여주기
싫었을 것이라 생각했어. 나도 그 심정을 잘 알기에 고집을 피
우지 않고 너의 말을 들었어. 너의 마지막 모습을 보지 않았기
때문에 너는 지금 내 가슴에 아직도 당당하고 건강하게 어깨를
쫙 펴고 있던 그 모습으로 남아 있어. 아마 친구 너도 그런 모습
을 남겨 주고 싶었겠지.

친구야! 네가 떠난 지 10년이라는 시간이 지났지만 나는 아주
많이 보고 싶다. 너도 힘든 시기를 보내고 있을 때였는데, 너의
힘듦보다 나를 더 챙겨주었던 그 시간이 너무너무 고마웠어.
나중에 만나게 되면 그때는 그 고마움을 꼭 갚아주고 싶어. 내
가 갈 때까지 편하게 잘 지내고 있어. 나중에 꼭 만나자 친구야.
알겠지. 너무너무 고마웠어. 내 인생에 축복으로 다가온 나의
친구야."

휴먼씨엔씨

친구들과의 만남이 잦아지면서부터 같이 가게를 하던 형과의 관계는 점점 소원해지기 시작했다. 예전보다 더 자주 가게를 그만두자는 말을 하였다. 그래도 그건 아니지 않느냐고 반문하였으나 소용이 없었다. 나의 일거수일투족이 마음에 들지 않았던 모양이다. 나도 더 이상 어떻게 할 방도가 없어서 4년 넘게 함께 이끌어 왔던 가게를 그만둘 수밖에 없었다.

형네 집에 있는 조그만 사무실에서 컴퓨터 가게를 하고 있었으니, 그만두면서 내가 다른 곳으로 옮길 수밖에 없었다. 그날부로 난 가게를 알아보기 시작했다. 휠체어를 타고 가게를 할 수 있는 곳은 그렇게 많지 않았다. 비싼 임대료를 주고 가게를 빌린다면야 문제가 없겠지만, 나에겐 그만한 여유도, 비싼 보증금을 낼 돈도 없었기 때문이었다. 교차로와 벼룩시장을 보며 가게를 할 수 있는 곳을 찾아다녔다. 명서동 주택가 골목 안쪽으로 1층으로 보이지만, 지하로 분류되어 있는 창고가 있었다. 구조는 입구에서 보면 안쪽으로 길게 되어 있는 직사각형이었고, 중간쯤에 화장실이 있었다. 화장실을 기준으로 해서 이등분하여 반은 가게로 하고, 반은 내가 숙식하는 공간으로 사용하기에 적합했다. 경사로를 만들어 휠체어가 다닐 수 있게 조금만 손을 보면, 내가 생활하기에는 더없이 싸고 좋은 공간이었다.

하지만 컴퓨터 가게를 꾸려나가기에는 좋은 장소가 아니었다. 대로변도 아니고, 눈에 잘 띄지도 않는 골목 안쪽에 자리 잡고 있었기 때문이었다. 하지만 나에게는 그것이 중요한 게 아니었다. 휠체어를 타고 출입을 할 수 있느냐 없느냐가 제일 중요한 부분이었다. 아무리 좋은 자리라 하더라도 휠체어가 들어갈 수 없다면 그림의 떡이었다. 마음을 정하고 계약하려고 하니, 주인아주머니가 내가 장애인이어서인지 좀 꺼리는 눈치였다. 나는 월세가 밀리는 일은 절대 없을 것이라고 약속하고 어렵게 계약할 수 있었다. 형과의 문제로 인해 가게를 그만두면서 나는 내 명의로 사용하던 컴퓨터 가게 전화번호를 가져오지 못했다. 명의가 내 것이라 하더라도 모든 것을 형이 기획하고 형의 자금으로 준비를 한 것이었으니, 내가 주장할 권리는 없다고 했다. 4년 넘게 운영을 한 컴퓨터 가게에서 나는 어쩔 수 없이 모든 것을 두고 나와야 했다. 처음부터 새로 시작할 수밖에 없었다. 그렇지만 나는 형을 원망하지 않았다. 형과의 관계가 틀어져서 지금은 이렇게 헤어지지만, 형이 아니었다면 지금의 나는 없을 것이기 때문이다. 형이 먼저 나를 이끌고 창원으로 데려오지 않았다면, 나는 엄두도 내지 못했을 것이었다. 형과 함께했던 가게를 그만두기는 했지만, 사회에 진출할 수 있게 이끌어 주고 살아갈 원동력을 심어주었으니, 내 인생에 있어 또 한 명의 은인이었다.

명서동에서 새로운 가게를 준비하는 동안 친하게 지내왔던 거래처 사장님이 내가 가게를 오픈할 때까지 임시 거처와 본인 사무실 한구석을 내어주셨다. 내가 가지고 나올 수 있었던 것은 고객관리 카드가 유일했다. 나는 고객관리 카드를 통해 모든 고객에게 전화를 돌릴 수 있어서 얼마나 큰 다행인지 모른다고 생각했다. 명서동에서 더 열심히 하기 위해 가게를 옮긴다고 전화를 하거나 주소로 편지를 써서 보냈다. 새로운 전화번호와 주소를 말하면서 꼭 찾아 줄 것을 부탁드렸다.

2000년 9월, 명서동에서 '휴먼씨엔씨'라는 간판을 걸고 새로운 시작을 하게 되었다.

'휴먼씨앤씨'는 Human Computer and Communications의 약자로, 컴퓨터를 매개로 하여 고객과 대화를 통해 더 좋은 관계를 맺고 싶다는 나의 소망을 담았다. 개업식을 하면서 술과 떡도 주위 이웃들에게 돌렸다. 내가 가게를 새로 오픈한다고 하니, 대학 시절 친하게 지내던 친구가 대구에서 책상과 가구를 선물로 직접 가지고 왔다. 많은 분이 도와주었다. 몇 년 전부터 함께 일하던 후배는 나의 손발이 되어 주었다. 나의 직원이자 동시에 동업자였다. 사실 후배가 아니었다면, 감히 혼자 가게를 내어서 독립하겠다는 생각도 하지 못했을 것이다. 이 모든 것들을 휠체어 앉아 어떻게 혼자 다 할 수 있었겠는가? 직원이자 후배인 그가 처음부터 끝까지 나와 함께하면서 나를 도와주었기에 가능한 일이었다.

사과 보살이 "자네는 자네 사업을 해야 성공하겠네."라는 말이 스쳐 지나가는 순간이었다. 나는 이제야 정말 온전하게 나만의 가게를 운영하게 된 것이었다.

비록 관계가 틀어져서 헤어지긴 했지만, 형은 나에게 모니터와 컴퓨터를 선물해 주었다. 그리고 컴퓨터 가게는 자리가 생명인데 사람들이 많이 드나드는 곳도 아니고 외진 위치에 자리 잡은 것을 보고 걱정해 주었다. 형뿐만 아니라 개업식에 오신 많은 분이 이런 외진 곳에서 어떻게 가게를 운영할 거냐며 걱정했다. 너무 구석에 있어 찾아오기 힘들다는 이유에서였다. 그렇지만 나는 자신이 있었다. 잘할 수 있다는 용기도 있었다. 비록 좋은 자리는 아니었지만, 자리 탓을 하기보다는 그 어떤 컴퓨터 가게보다 잘하기 위한 계획을 세우고, 더 많은 매출을 올리기 위해 노력할 것이라고 다짐했다. 고객을 멀리서 찾을 것이 아니라 가까운 명서동에 있는 분들만이라도 확실한 나의 고객으로 만들겠다는 목표를 세웠다.

　가게가 구멍가게라 해서 주먹구구식으로 운영하면 안 된다고 생각했다. 삼성전자보다 못할 것이 없다는 마인드로 사업을 시작했다. 가게를 운영하는 포맷도 대기업의 서비스 마인드를 가지고 새로운 판을 짜기 시작했다. 이전에 운영했던 컴퓨터 가게와 같은 방식으로 할 수 없었다. 이젠 나만의 스타일을 찾아야 했다. 그 중에서 제일 먼저 변화를 준 것이 의상과 사원증이었다. 컴퓨터 가게는 업무상 출장 서비스가 많은 편이다. 회사 유니폼을 입고, 사원증을 소지하고, 이름표를 달고 고객님의 집 대문을 두드리는 것이 기본이라 생각했다. 또한 판매대금이나 서비스 요금을 청구할 때도 의뢰서를 기재하여 청구하도록 하였다. 아무것도 제시하지 않고 서비스 요금이 얼마이니 달라고 하는 것은 깡패나 다름없다고 생각했다. 기본이 바로 서지 않으면 아무것도 이룰 수 없다. 일을 처리함에 있어서는 대기업과 구멍가게의 구분이 있어서는 안 된다는 생각이었다. 서비스도 마찬가지이다. 나의 새로운 뿌리가 되는 '휴먼씨엔씨'는 대기업보다 더 나은 서비스와 마인드를 겸비하고 새로운 출발을 하기 시작했다.

　9월을 지나 가을로 접어들면서 절망은 조금씩 사라지고 희망이 싹 트기 시작했다. 아래는 내가 고객들에게 선물과 함께 보내 드리는 메시지이다.

1994년
27살의 꿈 많은 청년이 있었습니다.
그는 산을 좋아했습니다.
그는 축구를 좋아했습니다.
그러나 순간의 교통사고는 그의 모든 것을
멈추게 해 버렸고….,
그의 소중한 꿈은 휠체어에 묻어야 했습니다.
수많은 시간이 흐른 뒤에야
그는 다시 꿈을 꾸기 시작했습니다.
컴퓨터는 그에게 꿈이 되었고 희망이 되었습니다.
꿈과 희망이 있는 '휴먼씨앤씨'는 그렇게 만들어졌습니다.
오늘도 그는 꿈과 희망을 품고 '휴먼씨앤씨'와 함께
힘차게
휠체어 바퀴를 굴리고 있습니다.
그에게 꿈과 희망의 씨앗을 뿌려주시는 님에게
아름다운 날이 가득했으면 좋겠습니다.

장애인과 일

　세상 그 어디에도 내일을 아는 사람은 없다. 내일 무슨 일이 일어날지 아무도 모르는 것이다. 나도 대기업 신입사원에서 순식간에 하반신마비 장애인이 될 것이라고는 꿈에도 생각하지 못한 일이었다. 돌려서 생각해 보면 우리 모두 예비 장애인이라는 것이다. 지금 온전하다고 해서 내일도 온전할 것이라고 장담할 수 없는 노릇이다. 악담을 하는 것은 아니지만, 우리가 살아가고 있는 이 세상을 보면 하루에도 얼마나 많은 사건 사고가 발생하는가? 우리는 수없이 많은 위험에 노출된 채 하루하루를 살아가고 있다. 내일이 어떻게 될지 아무도 모르기에, 오늘을 더 열심히 사랑하고 치열하게 살아가야 하는 이유일 것이다.

　순식간에 일어난 사고로 나는 후천적 장애인이 되어 절망감에 빠져 모든 것을 포기하고 살았다. 장애를 입은 몸은 시간이 지나면서 조금씩 익숙해지며 나아지고 있었지만, 정신적인 부분은 시간이 지난다고 해서 나아지는 것은 아니었다. 하지만 일할 수 있다는 것이 정신적으로 얼마나 큰 위안이 되었는지 모른다. 컴퓨터 소매 일을 하면서 정신적인 부분도 조금씩 치유되어 가고 있었다.

어느 날 내가 새로 옮긴 가게에서 경사로를 올라가기 위해 워커를 집고 다리를 앞으로 내미는 순간, 넘어져 종아리뼈가 골절된 적이 있었다. 비장애인이 다리가 골절된다면 한 달 정도 후에 깁스를 풀 수 있지만, 나는 깁스를 푸는 데까지 1년이나 넘게 걸렸다. 뼈가 붙기까지 1년이 넘게 걸린 것은 걷지 못함으로 인해 뼈에 가하는 스트레스가 적었기 때문이었다. 부러진 뼈 하나 붙는데도 비장애인보다 훨씬 더 오랜 시간이 걸리는데, 하물며 정신적인 상처가 아물기 위해서는 얼마나 많은 시간이 더 걸리겠는가? 뼈가 빨리 붙기 위해서 걸어야 하듯이, 나의 정신과 마음이 빨리 회복하기 위해서는 적당한 스트레스를 주는 일이 무엇보다도 필요했던 것이었다.

몸과 더불어 정신까지 온전하게 나아지기 위해서는 그 무엇보다도 일이 필요하였다는 것이다. 장애를 입은 것도 서러운데 일까지 하지 못하게 된다면, 사회의 한 구성원으로 성장하는 데 있어 한계가 생길 수밖에 없는 노릇이다. 일을 한다는 것은 삶을 유지하는 데 꼭 필요한 요소이기도 하지만, 후천적 장애인에게 있어서는 몸과 마음을 치료하는 치료 수단이기도 한 것이었다.

나는 컴퓨터 가게를 하면서 많은 사람을 만나게 되었다. 사람과의 관계가 다양해질수록 스트레스 또한 다양해져 갔다. 나는 일을 하면서 받는 스트레스가 나를 더 건강하게 지켜주는 원동력이라 생각했다. 일하면서 받는 스트레스는 나를 더 잘 살아갈 수 있도록 만들어 준 채찍이 되었다. 일하면서 받는 스트레스는 내가 장애인이라서 못하는 것이 아니라 장애인이기 때문에 비장애인보다 더 잘할 수 있게 만들어 주었다. 고객에게 욕을 먹지 않고 인정받기 위해서는 휠체어 뒤에 숨어 핑곗거리를 만들면 안 되는 것이었다. 처음부터 모든 일을 완벽하게 잘해 나갈 수는 없는 법이다. 나도 컴퓨터 가게를 하면서 실수도 하고, 고객의 데이터를 날리기도 했다. 깨지고 터지면서 배우는 것이고, 그런 것들이 모여 경험치가 쌓이게 되는 것이다. 몸이 피곤한 것은 시간이 지나면 나아지지만, 정신적으로 피곤해지는 것은 시간이 지난다고 해결되지 않는다. 가능한 정신적으로 피곤한 일을 적게 만들면 되는 것이었다. 몸도 불편한데 정신까지 불편하면 얼마나 힘들겠는가? 그러다 보니 나는 일하면서 받는 스트레스를 자연스럽게 줄이는 방법을 배우게 되었다.

나는 스트레스는 누가 나에게 주는 것이 아니라 내가 스스로 만드는 것이라고 여겼다. 어떤 일을 내가 어떻게 받아들이냐에 따라 스트레스가 될 수 있고, 별일이 아닐 수 있다는 것이다. 금연에 실패하는 친구들의 핑계를 들어보면, 그동안 잘 참고 있었는데 어떤 일이, 어떤 사람이 나를 열받게 만들어 담배를 피우게 되었다고 말한다. 찬찬히 뜯어보면 담배는 피우고 싶고, 그냥 피우면 의지가 약한 사람처럼 보일 것이고, 본인 자신도 어쩔 수 없었다는 핑곗거리가 필요했기 때문이었다. 그래서 자기를 합리화하기 위해 스스로 스트레스를 만드는 것이었다. 가만히 들여다보면, 다른 사람이 아무리 뭐라 하더라도 내 마음을 잘 조절하면 스트레스받는 일도 줄어들게 되어 있다는 것이다.

나는 사고 이후 본의 아니게 일을 시작하기는 했지만, 일하면서 더 나은 삶을 살게 되었다. 장애를 극복하고 삶을 다시 살아갈 수 있도록 용기를 준 것은 일이었다. 사고 이전에 했던 일과는 완전히 다른 일이었고 새로운 일이었지만, 나는 일을 통해서 전혀 다른 세상을 배워 나갈 수 있었다. 이왕 하는 일이라면 스트레스 없이 즐겨보려고 했다. 투정 부리고 스트레스를 받으며 일할 이유가 없었다. 아무것도 할 수 없다고 생각했던 시간을 뒤로하고 휠체어에 앉아서 할 수 있는 일이 있다는 것에 감사했다. 만약 내가 일을 하지 않았다면 지금도 고향 골방에서 피폐한 삶을 살아가고 있을 것이 불 보듯 뻔했다. 피폐한 삶과 절망의 숲에서 나를 건져내어 준 것이 일이었다. 일이 있어 새로운 삶을 살고 희망을 품을 수 있게 되었는데, 어찌 가게 일로 스트레스를 받을 수 있을 것인가? 일을 할 수 있다는 그 하나만으로도 삶을 살아볼 이유로는 충분하였다.

인생은 새옹지마(塞翁之馬)

"옛날 중국의 북쪽 어느 변방에 한 농부가 살았다. 그에게는 아들 하나와 말 한 마리가 있었다. 어느 날 농부가 기르던 말이 오랑캐 땅으로 달아나 낙심하는 중에, 이웃 사람들이 찾아와 농부를 위로했다. 일주일 후에 농부의 말이 집으로 돌아왔는데, 야생마 스무 마리가 뒤따라 들어왔다. 농부의 이웃들이 찾아와서 운이 좋다며 축하해 주었다.

다음 날 농부의 아들이 야생마를 타다가 떨어져서 다리가 부러졌다. 이웃 사람들이 와서 농부를 위로했다. 또 한 주가 지났을 때, 병사들이 와서 마을에 사는 건강한 젊은이들을 모두 먼 나라의 전쟁터로 데리고 갔다. 다리가 부러진 농부의 아들은 전쟁터에 나가지 않고 집에 남게 되었다. 이웃 사람들이 축하하러 왔다. "아들을 전쟁터에 보내지 않았으니 얼마나 다행이요."

농부가 말했다.

"누가 압니까?"

〈참고: 대경일보 컬럼 인생지사 새옹지마〉

흔히 인생에 우여곡절이나 길흉화복의 변화가 많아 앞날이 어떻게 바뀔지 모르기에 '인생은 새옹지마다.'라고 말하곤 한다.

삶을 살아가면서 얼마나 많은 우여곡절과 길흉화복을 겪을지 모르지만, 내가 살아온 길을 새옹지마에 비유하여 새옹지마의 이야기를 내 나름으로 풀어 보려고 한다.

새옹지마에 나오는 그 시절에 말 한 마리는 한 가정의 전 재산이나 다름없다고 했다. 농부는 전 재산을 날렸으니, 얼마나 낙심이 컸겠는가? 하지만 낙심한 것도 잠시, 말 한 마리가 나가서 스무 마리를 데려왔으니, 횡재도 그런 횡재가 없었을 것이다. 갑자기 재산이 스무 배나 늘어났으니, 얼마나 좋았겠는가. 기뻐하던 아들은 말을 타다 떨어져 다리가 부러졌지만, 그로 인해 전쟁터에 끌려가지 않아 다행히 목숨을 건지게 되었다. 전화위복이 된 것이었다.

농부는 태연하게 "나쁜 일이 있으면 좋은 일이 생길 것이고, 좋은 일이 생기면 나쁜 일 또한 생길 것이니 일희일비하지 마라. 인생은 다 그런 것이다."라고 이야기하려고 했을 것이다. 농부는 세월을 살아온 연륜이 있었기 때문에 가능했을 법하다. 그래서 앞으로 또 어떤 일이 일어날지 모르니 '누가 압니까?'라고 대답을 한 것이었다. 하지만 아들의 마음은 어떠했을까?

나는 새옹지마의 이야기를 읽으며 농부의 아들이 가지고 있을 법한 마음을 짐작해 보려고 했다. 기르던 말 한 마리가 도망가서 전 재산을 잃었다고 낙심하였지만, 부자(父子)는 어떠한 노력도 하지 않은 상태에서 스무 마리의 말이 들어와 횡재를 한 것이었다. 비유하자면 로또에 당첨된 것과 유사한 일이 일어난 것이었다. 아들은 부자가 된 것에 으쓱하며 말을 타며 까불거리다 떨어져 다리가 부러졌다. 하지만 이미 큰 재산을 보유하고 있었기에, 아들에게는 큰 문제가 되지 않았을 것이다. 비록 다리가 부러졌지만 스무 마리의 말이 있고, 또 스무 마리의 말은 시간이 지나면 지날수록 불어날 것이다. 노력하지 않아도 부가 증식되어 가는 과정을 보면서 '아들은 노력하는 삶보다는 대충대충 살아가는 것을 선택하지 않았을까?' 하는 생각을 하게 되었다. 그런 상황에서 아들은 새로 시작하는 마음으로 의지를 갖고 치열하게 노력하고자 하는 마음이 있었을까?

우리가 생각하는 보통의 상식으로 생각해 보자. '아들은 아픈 다리를 이끌고 피 터지게 인생을 살았을까?' 하는 의문이 들게 될 것이다. 나는 피 터지게 살지 않았으리라는 것에 한 표를 던진다.

나 역시도 그런 상황이었다면 대충대충 살았을 것 같다는 생각이 들었기 때문이다. 만약 내가 사고로 7억이 넘는 보험금을 받았다면, 지금처럼 치열하게 인생을 살지 않았을 것 같다. 맨땅에서 시작해야 했기에, 나는 모든 일에 최선을 다할 수밖에 없었고, 대충대충 설렁설렁 사는 것은 용납되지 않았다. 그렇게 살아서는 아무것도 이룰 수 없다는 것을 알았기 때문이다. 하루에 19시간을 휠체어에 앉아 피땀으로 하나하나 쌓아온 인생의 기쁨을 누리지 못했을 것이다. 내 손으로 이루어 낸 성과가 나의 인생을 얼마나 빛나게 해주었는지도 몰랐을 것이다. 내가 얼마나 부족한가를 알기에 하심(下心)을 가질 수 있었고, 세상에는 감사한 일로 가득하다는 것도 알게 되었다.

석방된 이후 캄캄한 날들을 지내왔었다. 대기업에 입사하게 되었지만, 교통사고로 하반신마비 장애인이 되면서 모든 것이 무너졌고, 다시 또 가게를 열면서 새로운 삶을 시작하게 된 것을 보면, 인생의 앞날은 정말 알 수 없다는 새옹지마가 맞는 것 같다.

죽을 것 같은 힘든 날도 시간이 지나면 추억이 될 수 있다는 것을 새삼 깨닫게 되었다. 지금 죽을 만큼 힘들다고 해서 미래도 죽을 만큼 힘들지는 않을 것이다. 미래에는 꽃길의 아름다움을 느끼며 걷고 있을지 아무도 모를 일이다. 삶은 충분히 살아 볼만

한 가치가 있다. 우리가 오늘을 사는 이유는 내일의 희망이 있기 때문이다. 내일은 아무도 모른다. 희망이라는 술래가 우리를 찾기 쉽게 머리카락을 보이게 하자. 내일 내 인생에 또 어떤 희망으로 가득 차 있는지 모르기 때문에, 궁금해서라도 살아가 보아야 하는 것이다.

3장

내 인생의 축복,
가족

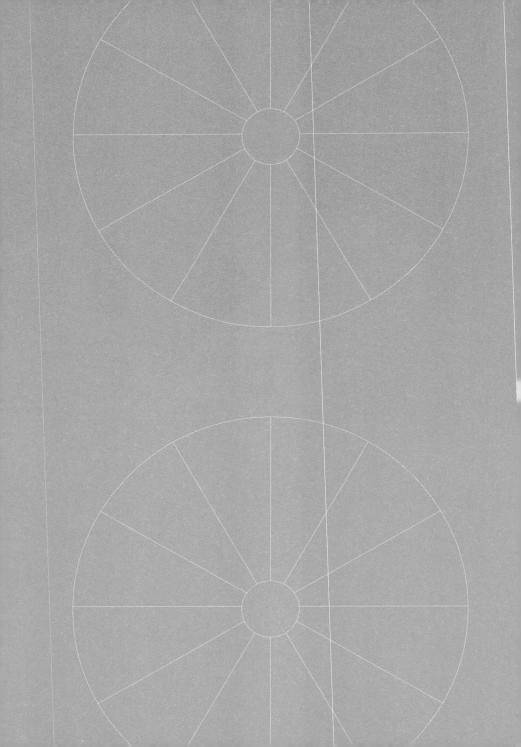

사과 보살과 인연

　새로운 천 년이 시작되는 2000년이라고 해서 온 세상이 요란하게 새해를 시작할 무렵이었다. 새로운 2000년이 되었다고 해도 나에겐 특별한 의미와 새로운 느낌으로 다가오진 않았다. 단지 그냥 살아가는 또 다른 하루하루에 불과했다. 새해가 밝고 며칠 지나지 않은 어느 주말, 한 친구가 찾아왔다.

　"경주에 사과 보살이라고 있는데, 같이 갈래?"

　"사과 보살이라니…. 그게 누군데?"

　"신내림을 받아서 아주 용하단다. 가보고는 싶은데, 내가 차가 없으니 네가 좀 태워다 주라. 주말에 일이 없으면 말이야."

　나는 혼자 있으니 바람도 쐬고, 기분도 전환할 겸 그 친구와 함께 경주로 가기로 했다. 도착한 곳은 여느 시골집과 다름없었지만, 마당이 깊어 아늑하다는 느낌이 드는 고향 집 같은 분위기였다. 디딤돌을 밟고 올라가면 마루가 있고, 마루를 지나 방으로 들어가는 전통적인 한옥 그대로였다. 마당 한쪽에 감나무가 있었고, 감나무와 기둥을 묶어 빨랫줄을 걸어 놓았다. 겨울이어서인지 널어놓은 빨랫감에 고드름이 붙어 있는 것이, 어릴 적 고향 속 동심으로 돌아가는 기분이었다. 휠체어를 타고 마당 이곳저곳을 구경하고 있었다. 궁금한 것이 없었기 때문에, 사과 보살을 만나고 싶다는 생각은 들지 않았다. 마루로 올라가는 것 자체가 불편해서 그냥 마당에 머물기로 했다.

친구가 "뭐해. 들어가자."

"어떻게 올라가라고…. 난 안 들어갈래. 딱히 궁금한 것도 없고, 그러니 너 혼자 보고 와."

"그래도 여기까지 왔으니 같이 들어가 보자. 용하다고 하는데, 혹시 알아?"

마루가 높아서 올라가기 힘들다며 미적거리고 있는데, 친구와 다른 건장한 손님이 휠체어를 디딤돌 위까지 들어 올려 주었다. 나는 마지못해 마루를 기어서 방 안으로 들어갔다. 방 안에는 5~6명 정도 되는 사람들이 사과 보살이라고 하는 사람을 중심으로 빙 둘러앉아 있었다. 친구는 그 틈에 있었지만, 나는 모자를 푹 눌러 쓴 채 한 귀퉁이에 꿰다 놓은 보릿자루처럼 웅크리고 벽에 기대앉았다. 그러고는 사과 보살이라는 양반이 귀신인지, 사람인지 알아보려는 듯 팔짱을 끼고 곁눈으로 노려보았다.

사과 보살은 자기를 중심으로 빙 둘러앉은 사람들에게 이런저런 말들을 하고 있었다. 그러던 중 느닷없이

"어이, 거기 모자 쓴 양반!"하고 나를 부르는 것이었다.

"누구? 저요?"

사과 보살은 나에 대해서 이것저것 아무것도 물어보지 않고 대뜸 하는 첫 마디가

"자네, 장가는 참 좋은 데 가겠네."라고 말하는 것이었다. 나는 어이가 없다는 표정을 하고는

"허~참! 이상한 이야기 하지 마십쇼. 제가 기어들어 오는 것을 보고도 그런 말씀을 하십니까?"

나는 빈정대는 투로 답했다. 그렇지만 사과 보살은 계속 말을 이어갔다.

"자네, 장가는 참 좋은 데 가겠네. 그리고 자네는 자네 사업을 해야 성공하겠네."라고 말했다. 나는 그때만 해도 내 이름으로 사업장을 내고 사업을 하고 있었기 때문에 내 사업장이라고 생각하고 있었다.

"전 지금도 제 사업을 하고 있는데요."

사과 보살은 다음 두 마디를 더 하고 난 후 나에게서 시선을 거두었다.

"자네는 육십 평생 손에 일이 떠날 리 없겠고, 다시 일어서지는 못하겠네."

가만히 생각해 보면, 평생 일어서지 못하리라는 것은 너무나 자명한 사실이고, 나도 이미 인지하고 있는 사실이라 별다른 의미를 두지는 않았지만, 나머지 세 개는 어떻게 들으면 참 기분 좋은 말이었다. '장가를 참 좋은 데 가고, 내 사업을 해야 성공하고, 평생 손에서 일이 떠나지 않겠다.'라는 이야기는 '행복하게 잘 살겠네.'라는 소리였다. 사과 보살이 내가 기어서 들어오는 모습을 보고 안타까워 희망을 심어주려고 하는가 보다 생각하고 염두에 두지 않았다.

아무리 신내림을 받고 용하다고 하지만, 사실 그 상황에서 누군가 내게 시집을 올 것이라고 하면, 그 말을 곧이곧대로 믿을 수 있는 사람이 누가 있을까? 하반신마비에 휠체어를 타고 다니는 사람을 누가 사위로 삼을 수 있을까? 내가 스스로 생각해도 그것은 용납되지 않는 부분이었다. 누가 나 같은 사람에게 딸을 내어주려고 하겠는가? 이건 정상적인 사고를 하는 사람이라면 절대 그럴 일이 없으리라 생각할 것이다. 어쨌거나 사과 보살이 말하는 "자네, 장가는 참 좋은 데 가겠네!"라는 말을 믿지 못하는 것이 아니라 믿을 수가 없었다. 그 말은 나에게서 잊혀 가고 있었다. 결혼을 한다는 것 자체를 내 인생에서 염두에 두고 있지 않았기 때문이었다.

사과 보살을 만나고 몇 달이 지난 어느 날, 경주에 함께 갔던 친구가 와서는

"친구야! 이것 한번 해봐라. 이거 상당히 신선하고 좋더라. 내가 설치해 줄 테니 한번 해봐."

"그게 뭔데?"

"버디버디라는 채팅 프로그램인데, 심심할 때 해봐. 가게에서 딱히 할 일이 없을 때 말이야."

"채팅 같은 거 적성에 안 맞는데."

딱히 싫지도 좋지도 않았지만, 친구의 성의에 마지못해 생전 처음으로 채팅이라는 것을 하게 되었다. 얼굴을 마주 보고 소주 한잔 걸치며 서로를 알아가는 것이 사람 사는 세상일 진데, 컴퓨터 모니터 속에서 모르는 사람들끼리 이야기를 주고받으며 서로를 알아간다고 해서 무슨 의미가 있을까 생각했지만, 또 다른 한편으로는 나를 드러내지 않고 이야기를 할 수 있다는 것에 대해서는 괜찮겠다는 생각이 들기도 했다. 나는 그런 마음으로 채팅을 시작했다.

인연은 이미 정해져 있는 것일까? 아니면 어디에서 툭 튀어나오는 것일까? 안예은의 노래 〈홍연〉의 가사처럼

"세상에 처음 날 때 인연인 사람들은 손과 손에 붉은 실이 이

어진 채 온다 했죠. 당신이 어디 있든 내가 찾을 수 있게 손과 손에 붉은 실이 이어진 채 왔다 했죠."

나는 채팅을 통해 그녀를 만나게 되었다. 손과 손에 붉은 실이 이어진 채 이 세상에 오지 않았다면, 서울에 있는 그녀와 창원에 있는 내가 어떻게 만나서 결혼할 수 있었을까? 이미 정해져 있는 인연이 아니라면 무엇으로 우리의 인연을 설명할 수 있을까?

나는 그녀와 2000년 8월 12일 처음 만난 이후 그해 11월 12일 결혼하였다. 딱 90일 만이었다.

장애인과 비장애인의 결혼이 쉬울 리가 없다. 결혼에 이르기까지는 몇 번의 고비와 눈물 그리고 고통이 있었다. 그녀는 위로 오빠만 다섯 명이 있었다. 오빠만 다섯에 유일한 딸이자 막내였다. 그녀의 아버지는 기다리고 기다리던 딸을 낳았다는 기쁨에, 74년 그해 온 동네 사람들에게 막걸리를 돌렸다고 했다. 자라면서 온갖 사랑을 독차지하고, 애지중지하며 키운 딸이 장애인을 만나 결혼하겠다고 하니, 세상 어느 집에서 쉽게 허락할 수 있겠는가? 자라면서 한 번도 부모님의 뜻을 거스르지 않았던 그녀는 이번만은 달랐다. 자식 이기는 부모가 없다는 말이 틀린 말은 아닌 것 같다.

나는 셋째 형과 함께 서울로 그녀의 어머니를 뵙기 위해 올라갔다. 상견례 아닌 상견례 형식으로 찻집에서 어머님과 마주 앉왔고, 어머님은 나에게 날짜를 잡으라는 말씀을 해주셨다. 내려오는 길에 나는 작은 할머니께 전화를 드리고 최대한 이른 시일 내로 날짜를 뽑아달라고 하였다. 늦추면 어떤 일이 어떻게 일어날지 모르기 때문에, 일사천리로 진행해서 못을 박고 싶은 마음이 앞서 달리고 있었다. 그녀의 나이 스물일곱, 내 나이 서른세 살이 되던 해였다.

"자네, 장가는 참 좋은 데 가겠네."라고 이야기한 사과 보살의 말이 문득 떠오르는 순간이었다.

11월 12일, 나의 고향 밀양에서 결혼식을 올렸다. 서울에서 전세버스 세 대가 그녀의 식구들과 친구들을 태우고 내려왔다. 내려오시는 그 길이 멀고도 멀었으리라 생각했다. 웃음보다는 울음이 많은 결혼식이었다. 신부 입장에 딸의 손을 잡고 들어오시는 장인어른을 휠체어에 앉아 지켜보고 있는 나는 내내 무거운 마음이었다. 딸의 손을 나에게 건네주며 돌아서시는 장인어른의 눈에 눈물이 가득한 것을 보았다. 처가 식구들은 모두 눈물을 흘리고 있었다. 예쁜 웨딩드레스를 입은 딸 옆에 휠체어를 타고 앉아 있는 나의 뒷모습을 보고 눈물을 감출 수 없었을 것이었다. 사랑하는 딸아이를 머나먼 곳으로 귀향 보내는 심정으로 결혼식 내내 울음을 그칠 수 없었다고 했다. 나중에 알고 보니 그녀의 셋째 오빠는 눈물이 나서 결혼식 가족사진도 찍지 못했다고 했다. 그야

말로 결혼식이 울음바다가 된 것이다. 장인어른께서는 딸을 곁에 두고 늦게 시집을 보내고 싶은 마음에 친구분들이 제안하는 선자리도 다 마다하셨다고 했다. 조금이라도 더 딸을 곁에 두고 싶어 하셨는데, 사위가 휠체어를 타고 다니는 장애인이라니, 얼마나 기가 막혔겠는가? 믿고 싶지 않았을 것이다. 지금 당장이라도 물리고 싶었을 것이다. 가진 것 하나 없는 가난한 장애인에게 딸을 시집보내고 있었으니, 무너지는 마음을 무슨 말로 표현할 수 있을까!

당신이 있어 내 인생은 축복이지만, 부모님 가슴에는 대못을 박는 순간이었다. 나는 비록 걷지 못하는 장애인이지만, 그 어떤 사위보다도 훌륭한 사위가 되겠다고 결심했다. 장애인 사위를 맞이한 것에 대해 결코 후회하는 일이 없고, 마음 아픈 일이 없게 하겠다고 결혼식 내내 다짐 또 다짐했다.

지금도 결혼식 날 눈물을 흘리시던 장인·장모님의 모습을 떠올리면 마음이 아려온다. 그때 흘리시던 눈물의 의미를 알기에, 아픈 마음을 풀어 드리기 위해 평생을 한결같이 최선을 다해 노력하고 있다.

고달픈 삶의 길에 선물인 당신

　가게를 개업할 때, 주인아주머니께서는 내가 가게에서 숙식한다고 하니, 어떻게 여기서 숙식을 할 수 있겠냐며 걱정 반 우려 반의 눈으로 바라보았다. 나는 가게 따로, 집 따로 구할 만한 형편이 아니었기에, 다른 사람들의 눈에는 힘들게 보일지 몰라도, 적응해 나가야만 했다. 9월부터 가게에서 숙식하면서 어렵게 사업을 시작했지만, 희망이 있었기에 불편함은 충분히 감내할 수 있었다. 날씨가 따뜻한 9월이라 괜찮지만, 추운 겨울은 어떻게 보내야 할지 걱정하면서도 대안이 없었다. 미리 걱정하기보다는 그때가 되면 해결방안이 있을 거라고 하는 심정으로 버텼다.

　장애인이 되고 나서부터는 어떻게 헤쳐 나갈까가 아니라 어떻게든 버티는 것이 일상이 되었다. 닥치지 않은 것을 미리 걱정하기보다는 지금 이 상황을 버티고 또 버티는 것이 더 중요했기 때문이다. 그러나 어려운 환경에서 생활하는 것은 생각보다 오래가지 않았다.

11월 12일, 결혼과 함께 모든 것이 달라졌다. 신접살림은 진해에서 시작하게 되었다. 집을 찾아다니다 보니, 가게에서 가까운 창원이 아니라 차로 30분 정도 가야 하는 진해에 아파트를 구했다. 사람이 사는 집이니 다 같을 것이고, 내가 몇 달 묵었던 가게보다는 나으리라 생각했다. 화장실에 휠체어가 들어갈 수 있으니, 더 이상 고민할 것도 없었다. 혹시나 마음이 바뀔까 봐 결혼 날짜를 잡고 보니, 3주밖에 남지 않아서 더 돌아볼 것도 없이 바로 계약했다. 결혼 전에 가구와 가전제품을 정리하는 등 신혼생활에 필요한 준비를 마쳤다. 결혼 전이었지만 나는 신혼집을 구했고, 아내와 함께할 때까지 아파트에서 혼자 생활하기 시작했다. 지하 아닌 지하에서 살다가 아파트에 오니, 비록 혼자였지만 결혼식 날짜를 기다리는 그 순간은 천국과도 같았다.

결혼을 한 이후 우리는 신혼여행을 가지 않았다. 신혼여행을 가는 것보다 더 중요하고 시급한 문제가 남아 있었기 때문이다. 그것은 혼인신고였다. 결혼은 하였지만, 나는 여전히 불면 날아갈 뜬구름을 잡고 있는 듯 불안하였다. 혼인신고를 하고 나서야 나는 비로소 안도의 한숨을 내쉴 수 있었다. 믿음이 없어서가 아니었다. 사랑이 없어서가 아니었다. 모든 것이 다 있었다고 해도 불안한 마음이 드는 것은 어쩔 수 없었다. 짧은 결혼식 휴가가 끝나고 그녀는 다시 학교로 돌아갔다. 바로 신혼살림을 시작한 것이 아니라 아내는 끝내지 못한 학교 일을 마무리하기 위해 다시 서울로 올라갈 수밖에 없었다. 신혼집에서 2000년의 끝을 알리는 제야의 종소리를 혼자 들어야 했지만, 그 종소리는 끝을 알리는 것이 아니라 새로운 시작을 알리는 희망의 종소리가 되어 나에게 돌아왔다.

2001년 새해가 되는 날, 나는 차를 몰고 처가로 올라갔다. 새해 첫날을 처가에서 보내고 아내의 짐을 챙겨서 우리의 새로운 보금자리로 내려오기 위해서였다. 아내의 짐을 싣고 장인·장모님께 인사를 드리고 출발하는 그 순간, 사과 보살이 "자네, 장가는 참 좋은 데 가겠네."라고 하는 말이 들리는 것 같았다.

결혼은 누구에게나 새로운 의미와 새로운 시작으로 다가올 것이다. 보편적으로 결혼을 하는 사람들을 보면, 신랑 신부 중 어느 한쪽이 두드러지게 차이가 나는 경우는 드물다. 그러나 우리 부부는 보통의 부부와는 확연히 달랐다. 지나가는 사람 백 명을 잡고 물어보면, 내가 부족해도 너무나 부족하다고 말할 것이다. 그

것이 인지상정일 것이다. 그러기에 나에게 있어 결혼이란 그냥 결혼이 아니었고, 아내는 그냥 아내가 아니었다. 누가 봐도 부족한 나를 일으켜 세워주었고, 삶에 활력을 불어넣어 주었으며, 삶의 의지를 불태우게 해준 은인이었다. 아내이기 이전에 그녀는 한 사람으로서 나를 구원해 준 구원자였다. 그녀는 절망의 바다에서 나를 건져내어 준 천사였다. 결혼을 하면서 내 마음은 더없이 평안해지고 있었다.

아내는 세상에 둘도 없는 나의 편이었고, 든든한 동반자이자 보호자였다. 아내와 함께한다면 그 어떤 곳도 불편하지 않았고, 그 어떤 것도 부족하지 않았다. 아내라는 존재 그 자체만으로도 나에게 불타는 의지는 물론, 꿀리지 않는 마음, 높은 자존감을 심어주었다.

비록 기초생활수급자로 신혼생활을 시작했지만, 나는 스스로에게도 아내에게도 다짐했다.

"비록 지금은 내가 가진 게 없을지라도 앞으로 그 어떤 일이 닥칠지언정 절대 당신에게 가족이나 친구들에게 가서 돈을 빌려오라는 말은 하지 않게 하겠다. 장애인하고 산다고 불쌍하고 가난한 모습을 절대 보이지 않게 하겠다"라고 말이다.

이선희의 노래 「인연」에 나오는 가사처럼

"고달픈 삶의 길에 당신은 선물인 걸 이 사랑이 녹슬지 않도록 늘 닦아 비출게요"

　고달픈 삶 속에서 가시밭길을 걷고 있는 나를 일으켜 세워준 당신은 내 인생에 있어 진정한 선물이었다. 내 사랑을 녹슬지 않도록 늘 닦아 비추어 우리의 결혼생활이 축복으로 가득할 수 있도록 고마운 마음을 가슴에 품고 살 것이라 다짐했다. 내 삶에 있어 당신을 만나 결혼을 한 것은 내 인생의 축복이었다.

스펀지와 소쿠리

결혼하면서 많이 들었던 말 중의 하나가 '싸울 일이 생기면 어느 한쪽이 참아라. 가정에 평화를 위해서 참아야 한다.'는 것이다. 참고 살아야 하는 것은 맞지만, 어떻게 참고 살아가느냐에 따라 그 참음이 하늘과 땅 차이가 날 수 있다고 생각한다.

나는 장애를 입은 상태에서 아내를 만나 결혼하게 되었고, 결혼을 통해 참는 것에 대해 깨닫고 배울 수 있었다.

또한 몸을 마음대로 할 수 없으니, 무엇인가를 함에 있어서 인내해야 하는 것이 한두 개가 아니었다. 나는 아내 덕분에 나의 삶을 바로 세울 수 있었기에, 아내는 나에게 있어 늘 고맙고, 감사한 존재다. 아내를 내 쪽으로 끌어들여 나의 프레임에 맞추려고 하지 않았다. 아내를 있는 그대로 바라보기 위해 수시로 마음을 들여다보았다. 서로 다른 인격체를 나의 주관에 나의 프레임에 가

두려 한다면 마찰이 생길 수밖에 없다. 아내를 나의 프레임에 가두어 두고 얼마나 참고 살아왔는지 이야기하면 안 되는 것이었다. 서로의 생각이 다르고 서로가 살아온 환경이 다르기에 서로가 같을 수가 없는 것이다. 그러니 현명하게 참고 맞추어 나아가야 하는 것이다. 장애를 입고 결혼을 한 이후에 나는 자연스럽게 칼날 인(刀)이 빠진 참을 인(忍)을 배우게 되었다. 칼날 인(刀)이 빠진 참음은 어떤 것일까?

옛말에 참을 인(忍)자가 세 개면 살인도 면한다는 말이 있다. 단란한 가정을 꾸리고 있던 한 어부가 배를 타고 나갔다가 집에 돌아와 보니, 마루 밑에 남녀 신발이 나란히 있는 것을 보고 헛간으로 뛰어가 낫을 들고 뛰어 들어가려는 순간 한 번 참고, 마루에 올라가기 전에 한 번 참고, 문을 열기 전에 한 번 참고, 그런 후에 방문을 열어 확인해 보니 아내가 오랜만에 놀러 온 동생과 두런두런 이야기를 나누고 있었다는 것이다. 그래서 '참을 인'자가 세 개면 살인도 면한다는 것이다.

살인을 면하게 한 참음은 어떤 참음이었을까? 어떤 인내였을까? 인내하는 것, 참는 것도 마음을 잘 살피면서 해야 한다는 것이다. 마음을 들여다보지 않고 무턱대고 참는 것은 진짜 참는 것이 아니기 때문이다.

우리가 알고 있는 참을 인(忍)이라는 글자를 한번 뜯어 보자. 어떤 느낌으로 이 글자가 다가오는가? 나는 이 글자를 볼 때마다 섬뜩한 기운을 지울 수가 없다. 한자를 풀어 보면, 칼 도(刀)에 점을 찍으면 칼날 인(刃)이 된다. 칼날 인(刃)에 마음 심(心)으로 이루어져 있다. 마음에 칼날을 세우고 있는 것이다. 마음에 칼날을 세우고 참는 것은 참는 것이 아니라는 것이다. 칼날 인(刃)과 마음 심(心)에서 마음에 방점을 두었다면, 한자의 음이 '인'이 아니라 '심'이 되었을 것이다. 칼날 인(刃)에 방점을 두다 보니 이 글자의 음은 참을 인(忍), 즉 인자로 명명이 되었다. 마음 심(心)자는 사라져 버린 것이다. 나는 여기에서 칼날 인(刃) 대신 사라진 마음 심(心)을 찾는 데 더 노력해야 한다고 생각한다.

어떤 일에서든 마음에 칼날을 품고 참으면 안 된다는 것이다.

'과하지욕(袴下之辱)'이라는 말이 있다.

"한 고조 유방을 도와 한(漢) 제국을 건설한 대장군 한신은 어려서부터 자기 수련을 게을리하지 않았지만, 꿈이 컸기에 잡다한 일에 관심을 보이지 않아 언뜻 바보처럼 보이기도 했다. 하루는 시정잡배 하나가 한신의 길을 막아서며 "너는 긴 칼을 차고 허우대만 멀쩡할 뿐 필경 겁쟁이일 것이다. 겁쟁이가 아니라면 내 가랑이 밑을 기어서 가든지, 아니면 다른 길로 돌아가

라."고 조롱했다. 이를 물끄러미 쳐다보던 한신은 그 불량배의
가랑이 밑을 기어서 갈 길을 갔다."

훗날 한신이 크게 출세하자, 이때의 불량배를 찾아내어 작은
벼슬을 주었다는 뒷이야기가 있다. 만약 한신이 참을 인(忍)자 중
에서 칼날 인(刀)을 마음에 품고 참았더라면 훗날 그 불량배를 처
형했을 것이다. 그러나 참을 인(忍)자 중에 마음 심(心)을 품었기
에 그는 훗날 그 불량배에게 작은 벼슬이라도 주었다. 한신은 마
음에 칼날 인(刀)을 버리고 참는 법을 이미 알고 있었던 것 같다.

이렇듯 참는다는 것도 어디에 방점을 두느냐에 따라 결과는
완전히 달라지는 것이다. 한 사발의 물이 있다. 그리고 스펀지와
소쿠리가 있다. 스펀지에도 물을 붓고, 소쿠리에도 물을 붓는다.
스펀지는 물을 머금고 있지만, 소쿠리는 그냥 흘려보내 버린다.
언제든지 스펀지는 누르면 물이 삐져나오지만, 소쿠리는 삐져나
오려야 나올 만한 물이 없는 것이다.

우리는 참을 인(忍)을 내세워 참는다고 한다. 마음에 칼날을 품
고 참고 있다는 것은 언제든지 적당한 때와 장소 그리고 타이밍
만 맞는다면 칼이 되어 밖으로 나올 수 있다는 것이다. "참을 만
큼 참았어, 최선을 다해 참았어. 그리고 너를 위해 내가 얼마나 참

고 희생했는지 알아?"라고 이야기한다는 것은 전부 스펀지가 되어 참는다는 것이다. 흘려보내지 않고 다 마음속에 담아 둔 것이다. 물먹은 솜처럼 자꾸만 마음이 무거워지는 것이다. 그리고 무거워지는 마음을 가지고 더 이상 견딜 수 없을 때, 그때는 폭발하는 것이다. 스펀지에 물을 짜내듯 말과 혀로 칼을 휘두르는 것이다. 몸에도, 마음에도 씻을 수 없는 상처를 남긴다. 그것이 진짜 칼일 수도 있고, 글일 수 있고, 말일 수도 있다. 이것은 마음에 칼날을 품고 참았기 때문이다. 참는다는 것은 칼날을 버리고 마음을 비우고 참아야 한다는 뜻이다. 소쿠리에 물이 담기지 않는 것처럼, 흘려보내면서 참아야 한다. 그래야 마음이 무거워지지 않는다. 스펀지처럼 참는 것이 아니라 소쿠리처럼 참아야 한다. 마음에 담아 두는 것이 아니라 흘려보내야 한다. 지난 일은 소쿠리에서 물이 새듯 마음에서 새 버려야 한다. 가족, 친구, 고객 등 모두에게 그렇게 해야 한다. 그것이 올바르게 참는 것이다.

나는 소쿠리 같은 마음을 가지고자 오늘도 노력하고 있다.

세 명의 아이들

결혼을 하고 몇 년이 지났지만, 아이가 생기지 않았다. 아이가 생기지 않는 것은 전부 나의 문제였지만, 아내는 장모님께 "엄마! 병원에 가니 내 몸에 문제가 있어서 임신이 잘 안된데. 그러니 손주는 기다리지 마세요. 아이 없이 사는 것도 괜찮아."라고 말씀드렸다.

그때 장모님은 "그렇지 않단다. 아기를 낳는다는 것은 내가 이 세상에 왔다 간 흔적을 남기는 것이야. 아이는 내 가 이 세상에 살았다는 증거거든."

이해하지 못하는 것도, 모르는 것도 아니었지만, 아이를 갖는다는 것이 결코 쉬운 일은 아니었다. 간절해지면 간절해질수록 아이가 우리를 외면하는 것 같았다. 시간이 흐를수록 마음만 급해졌다. 우리는 더 이상 기다릴 수가 없어서 시험관아기 시술을 선택하였다. 시험관 아기 시술은 남자에게는 힘든 부분이 없지만, 여성에게는 참 많은 고통과 인내를 요구하는 일이었다. 내가 해야 할 부분은 시험관 시술을 위해 정자만 받아주면 되는 것이었지만, 아내는 과배란 주사라는 것을 맞아야 했다. 과배란 주사는 한 번으로 끝나는 것이 아니라 한 달 동안 같은 시간에 매일 맞아야 했다. 말 그대로 과배란 주사란 한 번에 하나만 배출되는 난자를 인위적으로 여러 개가 나올 수 있게 만드는 것으로, 보통 8개에서 16개까지 나오기도 한다고 했다. 그렇게 해서 채취한 건강한 난자와 정자를 골라 시험관에서 수정시킨 후에 2~5일 동안 배양한다. 그러고는 수정된 배아를 자궁 안으로 이식을 하는 것이다. 보통 한 번에 3~4개의 배아를 이식하기 때문에 쌍둥이가 나올 확률이 높다고 했다. 난자를 채취하기까지 아내는 힘든 과정을 몇 번이나 겪어야 했다. 그런데도 아이는 우리에게 오질 않았다. 아이가 잘 생기지 않는 것은 너무나 절박하고 간절한 마음으로 인해 스트레스와 편하게 먹을 수 없는 마음이 원인이라 생각했다.

시험관 아기 시술을 하기 위해 여러 번 과배란 주사를 맞다 보니, 아내는 그 주사의 부작용으로 1년에 한 번씩 복강경 시술을 받았다. 두 번의 시험관 아기 시술을 실패한 이후 아내와 나는 많이 지칠 수밖에 없었다. 시간이 흐른 뒤 아내가 몸과 마음을 추스

르자, 마지막 남은 냉동 배아 두 개를 해동 후에 이식하였다. 이번에도 아기가 우리에게 오지 않으면 아이 갖는 것을 포기하기로 마음먹었다. 더 이상 힘들어하는 아내를 지켜만 볼 수 없었기 때문이었다.

시험관 시술을 하고 해가 바뀐 2004년 1월 1일, 병원으로부터 한 통의 전화를 받았다.

"축하합니다. 임신입니다. 피검사 결과는 안정적으로 나왔고요. 조심하셔서 무사히 출산하시기를 기원합니다."라고 하는 것이었다. 이보다 더 큰 새해 선물은 없었다. 우리 부부는 한참 동안 서로를 부둥켜안고 눈물을 흘렸다. 얼마나 고맙고 기뻤는지, 아직도 그때의 감동을 잊을 수가 없다. 기다리고 기다려 우리를 찾아온 생명이 너무나 고맙고, 감사했다.

그러나 아이를 낳기까지 험난한 과정이 남아 있었다. 그렇게 힘들게 찾아온 아기였지만, 조산기가 보이기 시작했다. 임신 6개월이 조금 넘은 시점이었다. 아내가 조금씩 하혈하기 시작하면서 불안감도 함께 커갔다. 혹시나 잘못되는 것이 아닌가 하고 전전긍긍하며 불안하고 걱정스러운 나날을 보냈다. 수시로 하혈하여 병원 응급실에 가야만 했고, 결국에는 입원하게 되었다. 아내는 병원에 한 달여간 입원해 있으면서 억제제를 맞으며 안정을 취했다. 그러던 중 아내가 심하게 하혈함에 따라 어쩔 수 없이 수술을 통해 조산하게 되었다. 아기는 33주 3일 만에 팔삭둥이로 세상에 나왔고, 인큐베이터로 바로 들어갔다. 그때 말고는 영원히 촬영할 기회가 없는 신생아 사진 한 장을 가지지 못했다.

아내는 수술 후 아픔이 채 가시기도 전에 혼자서 인큐베이터에 있는 아기를 보러 갔다. 아기를 보고 와서는 펑펑 울기 시작했다.

"우리 아기 머리에 링거를 꽂아 놓았어…."

인큐베이터에서 일주일이 지난 후 드디어 아기는 우리의 품속으로 돌아올 수 있었다. 그 어려운 시간을 이겨내고 우리 품에서 무사히 무럭무럭 자라났다. 아이 하나로 만족하고 잘 키우자고 했던 아내는 커가는 아이를 보며 둘째를 갖고 싶어 했다. 혼자는 외로워서 안 된다고 하며 형제를 만들어줘야겠다고 고집을 피웠다. 나는 아내를 설득하지 못했고, 아내의 뜻에 따라 둘째를 가지려고 시험관 아기 시술을 다시 받았다.

첫째를 가질 때와 마음가짐이 달라서인지 둘째는 한 번 만에 성공하게 되었다. 장인, 장모님의 도움으로 둘째는 10달을 꽉 채운 후 서울에서 태어났으며, 신생아 사진도 촬영할 수 있었다. 이제 우리도 두 아들의 부모가 되었다.

좋은 부모가 되고자 육아서적과 부모 관련 책을 읽고 강연을 들으러 다녔다. 생물학적인 부모는 성인만 되면 누구나 가능하지만, 좋은 부모는 아무나 되는 것이 아니라고 생각했다.

두 아이가 태어난 이후 나는 좋은 아버지가 되겠다는 생각과 가장의 책임만 생각하며, 불편한 몸을 이끌고 앞만 보고 달리기 시작했다. 몇 년을 그렇게 보내다 보니 내 건강에 이상이 생기기 시작했다. 발이 퉁퉁 붓고 극심한 변비로 용변 보는 것이 힘들어졌다.

그러던 어느 날, 구본형의 『낯선 곳에서의 아침』이라는 책을 읽게 되었다. 건강한 식사법에 관한 내용을 읽고 난 후 내게 꼭 필요한 것으로 받아들이고 바로 실천하였다. 건강한 식사법이란 "1. 식전 두 시간 전과 식간에, 그리고 식후 2시간 안에 물을 마시지 마라. 2. 소식을 해라. 3. 천천히 꼭꼭 씹어 먹어라. 4. 채소를 많이 먹어라. 5. 현미밥을 먹어라." 였다. 나는 소식을 하기 위해 밥그릇부터 먼저 간장 종지만 한 것으로 바꾸었다. 물도 알람 시간에 맞추어 마셨다. 내 몸에 이상이 있다는 것을 모르고 그저 오랜 시간을 휠체어에 앉아 있어서 코끼리 발처럼 퉁퉁 부어오른다고 생각했다. 그래서 잠잘 때 높은 베개에 다리를 올리고 자기도 했다. 자고 일어나도 여전히 발은 퉁퉁 부어 있었다. 체중도 많이 불어 있는 상태였다. 식습관을 바꾸어 가면서 알게 된 사실이, 나는 휠체어를 타고 다니고 운동도 거의 하지 않고 있는 상태에서 input은 많은데 output(운동 등. 활동적인 것)이 적으니, 남는 에너지들이 다 살로 가는 것은 뻔한 이치였음에도, 그때는 간과하고 있었던 것이었다. 건강한 식사법을 꾸준히 실천하면서 예전의 식습관이 얼마나 잘못되었는지 깨닫게 되었다. 소식을 하며 input을 줄이고 output을 늘리기 위해 노력했다. 1년이 지난 후에 건강 검진을 받아보니 콜레스트롤 수치도 낮게 나왔으며, 체중도 10kg 정도 줄었다. 종일 휠체어에 앉아 있어 코끼리 발처럼 부었던 발도 아침에 일어나면 부기가 빠지면서 홀쭉해져 있었다.

건강한 식습관을 유지하면서 휠체어에 앉아 있는 자세도 바꾸었다. 허약해진 나를 위해 셋째 형이 보약을 지어준다고 해서 부산에 잘 알고 지내는 한의원 원장님을 찾아갔다. 원장님께서는 나의 근황을 듣더니

"허리를 꼿꼿이 펴야 건강합니다. 허리만 바로 펴고 살아도 10년은 수명이 연장돼요. 쓸데없이 보약을 지어서 먹으려 하지 말고 자세부터 고치세요."라고 말씀하셨다.

허리에 힘이 들어가지 않아 휠체어 등받이에 허리를 기댈 수밖에 없으니, 자세가 꾸부정하게 되었던 것이었다. 옆에서 보면 앉아 있는 모습이 활모양처럼 되는데, 그런 자세가 당연하다고 생각했고, 그렇게 고착되어 버린 것이었다. 원장님은 '어떻게 하면 내가 허리를 펴서 바로 앉을 수 있을까?' 깊이 생각하시다가 나무 막대기로 허리를 지탱하면 되겠다고 말씀해 주셨다. 휠체어

에 앉아 등받이에 등을 기대지 말고 등받이와 허리 사이에 나무 막대기를 대고 기대면 허리를 펴고 앉아 있을 수 있다고 하셨다. 그리고 아래의 문구가 적힌 글을 나에게 주시면서 몸과 마음을 다스리라고 말씀하셨다.

> 내가 편하고 내 기운(氣運)이 좋아야 그 좋은 氣運이
>
> 가족, 직원, 고객, 이웃에게 전해지고
>
> 다시 나에게로 돌아온다.
>
> 무조건 자기를 사랑하고, 아끼고, 가꾸고, 존중하고
>
> 오로지 '내가 최고다.'
>
> '내 건강이 최고다.'라고 생각하고 살아라.
>
> 가장 이기적인 사람이 되자!
>
> 축복은 누가 나에게 주는 것이 아니다.
>
> 내가 나에게 베푸는 것이다.
>
> 내가 좋아야 내 주위가 좋아지고,
>
> 내가 변해야 내 주위가 변화한다.

　나는 이 말에 백 퍼센트 공감하였다. 사고를 당해 하반신마비가 되어 있는 상태에서 아무리 좋은 마음을 먹으려고 해도 그렇게 되지 않았기 때문이었다. 짜증과 성냄이 끊임없이 올라오는데,

어떻게 긍정적인 기운이 나올 수가 있을까? 내 몸을 건강하게 만들고 기운을 좋게 만들어야 내가 가족과 고객에게 미소를 지을 수 있는 것이다. 내 몸이 아프고 짜증이 가득한데, 어떻게 가족과 고객에게 미소를 지을 수 있을 것인가. 나는 그것을 뼈저리게 느꼈기 때문에 건강의 중요성을 누구보다도 잘 알고 있다.

나는 육체는 영혼을 담는 그릇이라고 생각한다. 그릇이 깨어져 금이 가면 영혼을 온전하게 담아 둘 수가 없기 때문이다. 깨어진 그릇 사이로 물이 새어 나가듯, 영혼도 새어 나가 버리는 것이다. 영혼을 온전하게 유지하기 위해서는 영혼을 담는 그릇을 잘 보존하고 가꾸어야 하는 것이다. 아무리 마음을 단단히 먹어도 허물어지는 육체 속에서 영혼을 단단하게 붙잡아 놓을 수 없기 때문이다.

결혼하고 가정을 꾸리면서 걷지 못하는 것은 단지 불편한 것이었을 뿐, 나에게는 더 이상 장애로 받아들여지지 않았다. 스스로 장애인이라 생각하지 않았기 때문에 나는 온전하게 영혼을 담아 둘 수 있었다. 하반신이 마비되어 걷지 못하는 불편함은 있을지 모르지만, 마음만은 그 어느 때보다 맑고 좋았다. 나는 좋은 기운들이 내 몸속에 유지될 수 있도록 몸과 마음을 가다듬었다. 좋은 기운들이 돌고 돌아 다시 내게로 돌아올 수 있도록 항상 좋은 기운을 유지하고자 노력했다.

나는 허리를 펴기 위해 적당한 나무 막대기를 구해서 약간 쿠션이 있도록 수건으로 감싸고 테이프로 고정한 후에 등받이로 사용하기로 했다. 나무 등받이를 하고 앉으면 자연스럽게 허리가 꼿꼿하게 펴지게 되면서 앉은키가 과장을 좀 해서 무려 5cm나 더 커지는 것 같았다. 매일 사무실과 집에서도 휠체어에 앉아 있는 동안은 항상 허리를 꼿꼿하게 펴고 앉았다. 허리만 펴도 피로도가 확 줄어드는 것을 느꼈다.

아침 5시에 일어나 출근하여 저녁 8시에 퇴근을 하면 집에서 책을 읽고 누워 자는 시간이 자정 12시였다. 하루 19시간을 휠체어에 앉아 있었다. 허리를 꼿꼿하게 편 상태로 앉아 있는 것과 허리를 펴지 않은 상태에서 앉아 있는 것의 차이는 엄청나게 달랐다. 수치로 환산해 느낌으로만 측정할 경우, 허리를 펴지 않은 상태에서 느끼는 피로도가 100이라면, 허리를 꼿꼿하게 해서 앉아 있는 상태의 피로도는 거의 50 이하로 줄어드는 것 같았다. 이제는 오히려 등받이를 하지 않고 휠체어에 앉아 있는 것이 더 힘들 정도가 되었다.

소식과 바른 자세를 매일 유지하며 하루도 빠짐없이 실천해 나가고 있던 2010년 어느 날, 뜻하지 않은 소식이 날아왔다. 일을 하고 있는데, 아내에게 전화가 왔다.

"아~ 어떡해."

"왜? 무슨 일인데?"

"형아! 나 임신이야. 임신테스트기를 했는데 두 줄이 나왔어."

"뭐? 에이~ 장난 아냐? 내가 안 되는 거 당신도 알잖아. 설마?"

"나도 그런 줄 알았지. 근데. 어떡해. 지금 와서 아이들도 이제 많이 컸는데."

자꾸 몸이 불편하고 이상하여 혹시나 해서 테스트기를 사서 검사했는데 두 줄이 나왔다고 했다. 결혼 초기에 혹시나 하는 마음으로 몇 번이고 테스트기를 사용했지만, 한 번도 두 줄이 나온 적이 없었는데, 이번에는 뜻하지도 않게 두 줄이 나온 것이다.

열심히 건강한 몸을 만들기 위해 노력한 내게 기적이 찾아온 것일까? 아마도 그래서일 거라고 나는 믿었다. 꿈에도 생각지 못한 셋째가 우리에게로 왔으니 말이다.

나는 기적을 몸소 체험하고 있었다. 몸소 기적을 겪어보니 영혼을 담는 그릇을 온전히 유지하기 위해 노력하는 것이 얼마나 중요한지를 새삼 실감하고 깨닫게 되었다. 기적을 목격한 이후 나는 나의 건강을 지키기 위해 더 열심히 실천했고 하루도 게을리하지 않았다.

"엄마! 병원에 가니 내 몸에 문제가 있어서 임신이 잘 안된데. 그러니 손주는 기다리지 마세요. 아이 없이 사는 것도 괜찮아."라고 말씀드렸었는데, 이제 우리 부부에겐 세상을 살다가 간 흔적으로 세 명의 아이를 두게 되었다. 아들 둘과 기적적으로 우리에게 온 딸 하나로, 우리는 다자녀를 둔 가족이 되었다.

어쩌면 인생이란 기적의 연속이 아닌가 하는 생각을 지울 수 없다. 지금 살아있는 존재 그 자체만으로도 기적이라고 느끼며 살아가는 하루다.

우리 집에 없는 것들

여느 가정에나 다 있을 만한 것 중에 우리 집에는 없는 것이 몇 가지 있다. 하나는 TV이고, 하나는 소파이며, 나머지 하나는 스마트폰이다.

아이를 낳고 키우면서 나는 스스로 아이들에게 모범이 되고 싶었다. 소파에 기대어 리모컨을 들고 TV 채널을 이리저리 돌리는 모습을 보여주고 싶지 않아서였다. 보여주고 싶지 않다고 생각한 부분도 있지만, 사고 이후 치열한 삶을 살아오면서 그런 자세는 나 자신에게도 용납이 되지 않는 일이었다.

결혼하고 아이가 태어난 이후 나는 지금까지 단 한 번도 새벽에 프리미어리그를 본 적이 없었고, 김연아의 피겨스케이팅 생중계도 본 적이 없었다. 새벽에 경기를 보고 있는 것보다는 차라리 잠을 자는 것이 나에게는 더 중요한 일이었다. 충분히 잠을 자야

다음 날 일하는 데 있어 지장이 없기 때문이었다. 그리고 내가 그들의 경기를 잠을 자지 않고 보면서 열광할 때 돈을 버는 것은 그들이지 내가 아니었고, 내가 밤을 새워 그들의 경기를 봐준다고 해서 그들이 나에게 천 원짜리 팥빵 하나 사주지 않을 것이라는 생각이 들어서였다.

시간과 돈은 소쿠리에서 물이 새듯 빠져나가 버리는 법이다. 시간을 잘 활용하지 못한다면, 언제 어느새 지나가는 줄도 모르고 지나가 버리는 것이다. 뉴스만 잠깐 볼까 하고 TV를 켜는 순간, 몇 시간은 훌쩍 지나가 버린다. 나는 그런 시간이 아까웠다. 내가 소파에 앉아 TV를 보면서 아이들에게 책을 읽고 공부하라고 잔소리하는 것은 이치에 맞지 않다고 생각했다. 부모가 먼저 모범을 보이지 않는데, 아이들이 스스로 알아서 잘할 것이라고 생각하지 않았다.

사랑스러운 나의 아이들이

"아버지는 휠체어를 탄 불편한 몸으로 오늘도 열심히 일하시고 하루를 치열하게 살다 오셨으니, 소파에 앉아 TV를 보면서 휴식을 취하시는 것은 당연하다. 그러니 우리는 방에 들어가서 숙제도 하고 열심히 공부해야겠다." 하며 바로 행동으로 옮길 것이라고 생각하지 않았다. "왜 아버지는 TV를 보면서 우리에게는 보지 못하게 하시나요?" 할 것이 뻔하기 때문이었다. 나는 우리 아이들에게 먼저 모범을 보이기 위해서 결혼 이후 지금까지 집에 TV와 소파를 들여놓지 않았다.

스마트폰 역시 그런 개념이다. 나는 스마트폰으로 아이들에게 게임을 하는 모습을 한 번도 보여 준 적이 없었을 뿐 아니라 스마트폰으로 게임을 한 적도 없다. 둘째가 중학교 2학년 때 일이다. 학교에 갔다 와서 하는 이야기가

"아버지! 우리 학교에 핸드폰이 없는 아이가 두 명이 있는데요. 한 명은 저고요. 다른 한 명은 전교 1등이에요."라고 하는 것이다.

나는 우리 아이들이 다른 아이들보다 더 열심히 공부하라고 스마트폰을 안 사주는 것이 아니었다. 공부를 잘하고 못 하고를 떠나 인성적으로 바르게 컸으면 하는 바람과 밤에 잠을 자기 전에 단 몇 분이라도 내가 누구인지를 한 번 생각해 보게 하기 위함이었다.

나는 아이들에게 강제적으로 스마트폰을 멀리하라는 것이 아니었다. 스마트폰이 주는 폐해에 관한 자료를 찾아 충분한 토론과 의견을 수렴해서 정한 것이었다. 우리 아이들도 알고 공감하는 부분이, 스마트폰이 주는 중독성이라는 것이다. 컴퓨터로 하는 게임은 피시방에서 하던, 집에서 하던 어느 정도 시간과 공간에 제약받을 수밖에 없다. 컴퓨터를 들고 다니면서 게임을 할 수 없으니 말이다. 하지만 스마트폰으로 하는 게임은 시간과 공간의

제약 없이 할 수 있다는 것이다. 스마트폰에 중독된 아이들에게 책을 보라고 하는 것은 〈아바타〉와 〈어벤져스〉를 보는 세대에게 예전 무성영화를 보라고 하는 것과 같을 것이며, 결국 어디에서도 흥미를 느낄 수 없게 된다.

어느 날 인터넷에서 스마트폰을 보고 있는 고양이에게서 스마트폰을 뺏어버리면 금단현상을 보이는 것처럼, 신경질적인 반응을 보이며 스마트폰을 달라고 조르는 듯 한 장면이 담긴 짧은 영상을 보았다. 그것을 보면서 놀라움을 금치 못했지만, 고양이도 그러할진대 하물며 사람이라면 오죽하겠는가?

나는 내가 잠깐 편하기 위해 아이들에게 스마트폰을 건네주는 것은 독약을 먹이는 것과 같다고 생각했다. 식사를 하는 데 있어 당장은 조용하고 편하게 할 수 있겠지만, 나 편하기 위해 아이들의 미래를 망치게 할 수 없었기 때문이다. 매스컴에서도 스마트폰의 중독성에 대해 다루면서 아이들이 팝콘브레인이 되어간다고 보도하고 있다. 그 원인이 스마트폰이라는 사실을 알기에, 나는 우리 아이들의 손에 스마트폰을 쥐어 줄 수가 없었다. 우리 아이들이 올바르게 생각할 수 있고, 건강하게 자라기를 바랄 뿐이었다. 그리고 스마트폰을 보면서 방구석을 뒹구는 것보다는 밖에 나가 공을 차며 놀았으면 해서였다. 스마트폰은 대학에 입학하든지, 아니면 성인이 되면 사주겠다고 약속하였다.

그러나 2020년 3월, 코로나 팬데믹으로 아이들이 학교에 가지 못하고 인터넷 강의로 모든 수업을 대체하기 시작했다. 왜? 대한민국에서는 스마트폰이 없으면 내가 나임을 증빙하지 못하는가에 대해 안타까워하며 버티고 버텼지만, 학교에서 내어주는 과제와 수업을 위해서 나는 어쩔 수 없이 큰아이에게 스마트폰을 사주게 되었는데, 그때가 고등학교 1학년 여름방학에 접어들 무렵이었다.

처음 스마트폰을 가지게 되었지만, 큰아이는 스마트폰에 빠져들지는 않았다. 큰아이가 대학에 가고, 둘째가 고등학교에 입학하면서 이제 둘째도 스마트폰이 생겼다. 막내도 스마트폰을 갖고는 싶어 하지만, 고등학교에 들어가야 가질 수 있다는 것을 알고 참고 기다리고 있다.

스마트폰을 일찍 가지게 되면, 또 어떤 폐해가 있을 수 있는지 대해서는 우리 둘째 아들의 이야기를 통해서 알게 되었다. 스마트폰을 가지게 되면 생각과 사고를 하지 못한다는 것이다. 아버지에게 야단을 맞고 방에 들어와 이불을 푹 덮어쓰고 내가 무엇을 잘못했는지 생각하게 되는데, 스마트폰이 있다면 이불을 덮어쓰고 스마트폰만 보게 되니, 생각과 사고를 해볼 여유가 없다는 것이다. 그래서 생각이 얕아지고 문제가 생긴다는 것이다. 스마트폰이 없었기에 책을 많이 읽을 수 있었고, 덕분에 생각을 많이 하게 되었단다. 결국 우리 아이들은 어릴 때부터 스마트폰을 가지고 놀지 않은 것이 다행이라고 했다.

사고 이후 평생 혼자 살 것으로 생각하면서 살아오다가 결혼하고 세 명의 아이를 두면서, 나는 아이들에게 정서적으로 안정을 심어주기 위해 먼저 모범을 보이고 공부하며 최선을 다하고자 노력했다. 내가 장애가 있으니, 아이들이 건강하고 무탈하게 자라게 하는 것이 제일 큰 목표였다. 그렇기에 나는 우리 아이들이 정신적으로 육체적으로 튼튼하게 자라나길 바라면서, 항상 부모가 먼저 모범이 되어야 하겠다고 생각하며 실천하고 행동으로 옮겼다.

인성적으로 바르고, 육체적으로 건강하면 어떤 삶을 살더라도 잘 살아갈 것이라 믿었다.

생명과 영혼

2022년 설날 저녁, 잠을 자려고 누웠다. 아버지와 함께 자겠다면서 내 옆에 나란히 눕는 세 아이를 보며, 사고 이후 죽음을 생각할 만큼 고통스러웠던 시간이 이젠 하나의 추억으로 주마등처럼 스쳐 지나간다. 그때 생을 마감했다면, 지금 이 아이들을 내가 어디에서 만날 수 있었을까? 이제야 지난날 나를 짓눌렀던 말이 진실임을 깨닫는다.

'개똥밭에 굴러도 저승보다는 이승이 좋다.'

나는 자려고 누운 아이들을 앉혀놓고 생명에 대한 이야기를 해주고 싶었다.

"애들아, 너희들은 어디에서 태어났겠니? 그냥 저절로 하늘에서 뚝 떨어졌을까? 아니면 신화처럼 알에서 태어났을까? 너희들이 이 세상에 태어난 것은 아버지와 엄마가 있었기 때문이지. 그렇다면 아버지와 엄마가 태어나기 위해서는 아버지의 아버지와 엄마가 있어야 하고, 엄마의 아버지와 엄마가 있어야 하지. 그분들이 너희 할아버지와 할머니이시지. 이렇게 하나하나 위로 거슬러 올라가 보면, 어디에 다다를까? 너희는 지구의 나이가 몇 살인지 아니?"

"책에서 약 46억 년 정도 된다고 하던데요."

"그럼 우리의 나이는 몇 살일까? 아버지의 나이는 쉰다섯이고, 큰아들 너는 열아홉이지. 과연 이게 진짜 우리의 나이일까? 보통 우리가 이야기하는 우리들의 나이가 맞기는 하지. 그런데 아버지는 좀 다르게 생각한단다. 만약에 우리 조상 중에 총각 한 분이 계셨는데, 그분이 어떤 전쟁에 나갔다가 총각으로 돌아가셨다면, 그분의 아래로는 더 이상 아무도 없게 된단다. 그분이 우리의 조상이고 만약 그렇게 되었다면, 우리는 태어나지 못했을 거라는 거지. 그러니까 우리가 이 세상에 태어난 것은 지구라는 행성이 생긴 이래 우리 조상 중에 한 분도 처녀, 총각으로 돌아가시지 않았기 때문인 거지. 그렇게 한 치의 오차도 없이 생명이 쭉 이어져 내려와야 한다는 거야. 조금 이해하기 힘들지? 우리 조상 중에 한 분도 빠짐없이 결혼하여 아이를 낳는 등 잘 살아주셨기에 가능했다는 거야. 그렇게 위로 쭉 거슬러 올라가다 보면, 아버지가 태어나고 너희들이 태어난 것은 지구가 존재하기 시작하면서부터 준비하고 있었기 때문이기도 하지.

아버지는 우리 나이가 그냥 쉰다섯, 열아홉 살이 아니라 지구의 나이와 같다는 생각이야. 46억 년을 준비해서 얻은 몸이니, 얼마나 소중하고 존귀하겠니. 그래서 우리의 생명을 소중히 간직해야 하는 것이란다. 생명을 함부로 여긴다는 것은 말이 안 되는 것이란다. 부처님은 태어나시면서 일곱 걸음을 걷고 하늘을 가리키며 '천상천하 유아독존(天上天下唯我獨尊)'이라 말씀하셨다고 해. 하늘 위 하늘 아래 내가 제일 존귀하듯이, 46억 년을 기다려 탄생한 모든 생명이 나와 같이 모두 다 존귀한 존재란다. 그러하기에 어느 생명 하나 소홀히 대해서는 안 된다는 뜻으로 아버지는 받아들이고 있단다.

너희들은 자라면서 사랑도 하고 이별도 하게 될 것이야. 실연하여 마음에 상처를 입으면 세월이 낫게 해줄 것이고, 또 새로운 인연이 치료해 줄 것이란다. 그러나 영혼에 상처를 입게 된다면, 그 어떤 것으로도 치료할 수가 없게 돼. 영혼에 입은 상처는 회복되지 않으며, 영혼이 사라지지 않는 이상 나아지는 것이 아니란다. 학교폭력, 성폭력 등으로 타인의 영혼에 상처를 입히는 행동은 절대로 해서는 안 되는 것이야. 너희들의 영혼과 생명이 소중하듯이, 타인의 영혼과 생명도 소중하다는 것을 알고 깨달아야 해. 또한 너희들도 영혼의 상처를 입지 않기 위해 늘 조심하고 신중해야 한다. 46억 년을 기다려 받은 몸이니만큼 소중하게 다루고 또 다루어야 할 것이야. 몸은 영혼을 담는 그릇이기 때문이란다.

이렇게 힘들게 받은 몸인데, 우리는 채 백 년도 살지 못하고 가야 하니 얼마나 안타까운 일이겠니? 그러니 대충대충 살다가 가면 안 되겠지. 더 열심히 살아가고 더 열심히 사랑하며, 누구보다도 즐겁고 행복하게 살아가야 하는 이유가 바로 이것이야. 힘들다고 해서, 한두 번 실패했다고 해서 자포자기하고 넘어진 채 일어서지 않고 목숨을 포기하는 일은 절대 없어야 해. 포기할 것은 포기해야 하지만, 포기하지 말아야 할 것은 절대 포기하면 안 된다. 아버지도 예전에는 죽을 만큼 힘들어서 그런 어리석은 생각을 한 적이 있었단다. 그런데 지금 너희들을 보고 있노라면, 그때 어리석은 생각을 행동으로 옮기지 않은 게 얼마나 다행인지 모른단다.

애들아, 너희들도 살아가다 보면 죽을 만큼 힘든 시기를 겪을지 몰라. 미래에 어떤 일이 일어날지는 아무도 모르니까. 그래서 말인데 넘어져 본 사람만이 땅을 짚고 일어나는 법을 배우듯이, 너희들도 넘어져 보아야 일어서는 법을 배워. 살아가다 보면 좌절과 실패의 시련이 닥칠 수밖에 없어. 너희들도 나이가 들고 살아가다 보면 삶이 꽃길만 걸어가는 것이 아니라는 것을 알게 될 거다. 가시밭길을 걸어보아야 꽃길의 아름다움을 깨닫게 된단다.

너희들이 힘들고, 넘어져 일어서지 못하고 있을 때, 죽을 만큼 힘들다고 느낄 때, 만약 그런 때가 오면 아버지의 말을 기억해 주었으면 좋겠구나."

죽을 만큼 힘든 시간도 나중에 세월이 지난 후에 돌아보면 추억이 된다. 세상은 충분히 살아볼 만한 가치가 있다.

.

4장

경제적 자유를
향해서

경제적 자유를 위한 첫걸음

결혼 후 아내와 함께 일하게 되었다. 아내와 나는 닮은 점이 너무 많았다. 서로의 생각도 비슷했다. 결혼하고 얼마 지나지 않은 어느 날, 날아온 카드 명세서를 보고 우리는 기겁할 수밖에 없었다. 우리의 씀씀이가 이렇게 큰가 하고 놀랐다. 들어오는 수입은 적은데 지출이 너무 많았기 때문이다.

우리는 결단을 내려 모든 신용카드를 없애기로 했다. 카드를 사용하는 한, 돈은 우리의 돈이 아니라 카드회사의 돈이었다. 옛말에도 "줄 때는 푼돈으로 주고, 받을 때는 목돈으로 받아라."라고 하는데, 우리는 거꾸로 하고 있었다. 쓸 때는 푼돈으로 쓰고, 줄 때는 목돈으로 주고 있었다. 카드를 이용하면 마일리지도 쌓이고 포인트도 쌓여서 장점이 많다고는 하지만, 카드회사가 자선사업을 하는 것이 아닌 이상 아무런 이유 없이 우리에게 그런 혜택을 주지 않을 것이다.

카드를 사용하면 현금을 지출하는 것보다 고통지수가 떨어진다고 한다. 그냥 쓱 하고 긁으면 되니 말이다. 하지만 현금으로 물건값을 지불하기 위해 돈을 세고 있노라면, 지출에 따른 고통지수가 올라간다고 한다. 돈을 세는 동안 '꼭 이 제품이 필요하나?' 하는 의문이 들면서 소비를 자연스럽게 줄일 수 있기 때문이다. 우리 부부는 결론을 내린 그 즉시 카드를 없앴고, 지출을 줄이기 시작했다.

나의 한 달 급여는 80만 원으로 시작하였다. 내가 가게의 주인이라고 해서 내 마음대로 돈을 가져오는 게 아니었다. 나의 가게는 '휴먼씨엔씨'가 사장이었다. 가게가 주인이었고 나도, 직원도 월급을 받아 가는 형태였다. 비용을 지출하기 위해서는 영수증을 첨부해야 했다. 일은 주인 정신으로 하지만, 재정적으로는 직원이었다. 흑자가 나면 가게 재정이 흑자이지 내 주머니가 두둑해지는 것이 아니었다.

돈과 시간은 소쿠리에 물이 새는 것과 비슷하게 소홀하거나 신중하지 않으면 모이지 않는다. 주의를 기울이지 않으면 어느샌가 다 새고 없어져 버린다는 것이다. 내가 가게 주인이라고 해서 컴퓨터를 팔고 서비스로 번 돈을 마구 써버린다면, 나중에 거래처에 결제할 돈이 부족해지고 가게 재정이 어려워지면서 힘들어질 게 뻔한 사실이기 때문이었다. 내 가게라 해서 돈도 내 것으로 생각하면 안 된다는 것이었다. 철저히 가게 재정과 나의 재정을 분리해야 한다는 것이 나의 운영방침이었다.

처음부터 가게의 매출이 불같이 일어나는 것이 아니었고, 적은 급여로 살아갈 수밖에 없는 우리는 아끼는 것이 최고의 방법이었다. 아끼고 아껴서 저축도 하였다. 겨울에 가스비용이 2만 원을 넘은 적이 없었다. 겨울에 우리집을 방문하면 옷과 양말을 벗을 수가 없었다. 항상 춥게 지내고 있었으니 말이다. 그래서인지 아이들이 크는 동안 감기로 병원에 간 적이 없었다.

매달 아끼고 저축을 할 뿐 재테크나 투자에 대해서는 생각하지 못하고 있었다. 오직 성실하게 가게 일을 꾸려 나가는 데 집중했고, 절약하는 것에 중점을 두었다.

돈이 모이고 저축액이 조금씩 늘어나면서 국민 기초생활수급자에서 탈락하게 되었다. 수급자 위치에서 벗어나기가 쉬운 일만은 아니다. 수급자가 되면 돌아오는 혜택이 순간의 꿀맛처럼 느껴지기 때문에, 수급자로 계속 살아간다는 것은 나의 발전을 방해하고, 오히려 나를 가두고 있는 족쇄가 될 수 있다는 생각이 들었다. 수급자에서 탈락이 된다는 소식을 듣고 나는 씁쓸하기보다 '참 다행이다.'라고 생각했다. 내가 가난한 장애인이기 때문에 국가가 나를 보살펴 주고 있었지만, 이젠 더 이상 국가가 나를 보살필 이유가 없게 되었고, 나도 그런 보살핌 없이 스스로 독립하고 있다는 방증이기 때문이었다.

기회가 위기로

　'휴먼씨엔씨'를 개업하고 얼마 있지 않아 큰 건수의 일을 하나 맡게 되었다. 그동안 쌓아온 인맥으로 인해 피시방에 컴퓨터 70 대를 납품하는 수주였다. 단순한 피시방이 아니라 200평 정도 되는 공간에 피시방, 탁구장, 당구장, 노래방과 오락실이 함께 있는 종합 멀티게임방이었다.

　입장료와 함께 시간당 계산을 하는 방식인데 상당히 매력적이었다. 그곳에 컴퓨터를 납품하기로 했다. 납품 대금 중 반은 먼저 결제받고, 반은 12개월 분할로 하는 조건이었다.

　종합 멀티게임방은 놀거리가 많지 않아 갈 곳 없는 아이들에게 인기가 좋았다. 사람들이 모여 활기가 넘치니, 전체가 공실인 건물의 상가가 분양되기 시작했다. 그때 당시 나는 '공실로 인해 임대료가 인하되고 경쟁력이 없는 건물에 누가 입주하겠나?' 생각했고, 입주하더라도 얼마 안 있어 문을 닫으면 어쩌나 걱정하였다. 이런 곳에서 무슨 사업을 하나 했는데, 역시 사업을 하는 사람들의 눈은 다르다는 것을 깨달았다.

1호점의 성공을 기점으로 다수의 사람이 가맹점을 열고 싶어 찾아왔다고 한다. 사장님은 멀티게임방을 운영하기에 적합한 장소를 물색하고, 가맹점을 열고 싶어 하는 사람들에게 투자금을 받아 오픈할 때까지의 일을 책임졌다. 나는 사장님과의 관계를 유지하면서 가맹점이 하나씩 늘어날 때마다 멀티게임방의 컴퓨터는 내가 맡아 납품하게 되었다. 창원에서 시작하여 마산, 진해, 김해, 부산으로 뻗어나갔다. 나 역시도 승승장구하였고, 나중에는 투자자로 지분을 소유하게 되었다.

가맹점을 개점한 김해에서 사건이 터지기 전까지는 나날이 발전하는 '휴먼씨엔씨'가 되고 있었다. 나는 위험 부담이 컸지만, 앞선 가맹점의 성공으로 이번에도 성공을 확신했고 욕심이 생겼기에 투자를 계속하기로 결심했다. 욕심이 너무 컸던 걸까? 아니면, 사람을 너무 믿었던 걸까? 내가 투자한 금액에 대해 계약서를 작성하고 공증까지 받았지만, 소용이 없었다.

일이 터지고 나서 알아보니 투자자로부터 받은 모든 공사 대금을 그 사장이 중간에서 횡령하였고, 연 30퍼센트의 이자를 미끼로 주위의 사람들에게서 투자받았던 것도 알게 되었다. 나중에 들려오는 소문에는 그 사장이 경륜을 했는지, 경마를 했는지 모르지만, 도박에 빠져서 사업은 뒷전이었다고 했다. 도박 중독의 말로는 뻔하기 그지없었다.

나는 김해점에 컴퓨터를 납품하고 결제받지 못한 금액과 직접 투자한 금액의 합이 2억 3천만 원이었는데, 눈앞에서 모두 날려야 했다. 멀티게임방에 남아 있는 시설물에 대해 경매에 들어갔지만, 후순위여서 전체 금액 중 천만 원밖에 받지 못했고, 그것도 나중에는 나누게 되었다. 그동안 컴퓨터를 납품하면서 벌었던 돈을 한 번에 다 날릴 수밖에 없었다.

수중에 있던 돈이 전부 날아가 눈앞이 캄캄해졌지만, 주저앉아 있을 수는 없었다. 처음부터 다시 시작해야 했다. 비록 타격은 컸지만, 그것보다 더한 장애를 입고도 지금까지 살아왔는데 그것쯤은 문제없다고 생각했다. 여전히 열심히 가게를 운영하고 있었고, 날린 돈은 다시 벌면 된다고 생각했다. 내가 죽은 것도 아니고, 버티고 살아가면서 열심히 노력하면 다시 좋은 날이 올 것이라 굳게 믿었다.

사고를 만회하기 위해서라도 나는 그날 이후 더 열심히 일했다. 바닥을 딛고 다시 일어서면 되는 것이었다. 그럴수록 더 정직하게 고객을 대하고, 고객 한 분 한 분에게 최선을 다했다.

'내 월급은 고객이 주는 것이다. 고객은 나를 해고할 수도 있다.'라는 문구를 가게에 붙여놓고 신뢰와 믿음을 얻기 위해 정직하게 정성을 다했다.

최인호 님의 『상도』라는 소설을 읽어 보면, 거상 임상옥이 둘러앉은 선비들에게 한 말 중에 "장사는 이윤을 남기는 것이 아니라 사람을 남기는 것이다."라고 하는 말을 떠올리곤 한다. 하지만 나는 그것보다 "유불기이자 가종신행지 (惟不欺二字 可終身行之), 즉 오직 속이지 않는다는 두 글자만이 일생을 마칠 때까지 행하여도 좋으리라."라고 하는 이 구절 하나를 가슴 깊이 새기고 지금도 실천하고 하고 있다.

소탐대실하지 않고, 눈앞의 작은 이익을 위해 속이고 양심을 팔 것이 아니라 항상 정직하게 장사하면 돌고 돌아서 다시 내게로 온다고 믿고 실천하였다. 설사 지금 이윤이 없다 하더라도 내가 한 약속은 지켰고, 모른다고 해서 속이지 않았다.

컴퓨터 화면이 나오지 않는 문제로 컴퓨터를 들고 방문하면, 제일 먼저 지우개로 메모리를 닦아서 다시 꽂아준다. 대부분 이런 것으로 문제가 해결되는 경우가 많다. 그러고 나서 나는 다음에 이런 문제가 생기면 먼저 지우개로 이렇게 여기를 닦은 후에 잘 꽂아 넣으면 해결이 된다고 알려 드린다.

고객들은 가게를 찾아올 때, 화면이 나오지 않아 큰 문제가 있는 것으로 생각하고 오는 경우가 많다. 어떤 분은 안되면 "컴퓨터를 새로 구매해야 하나요?" 하고 묻는 경우도 종종 있었다. 그럴 때마다 나는 간단하게 해결해 주고는 그냥 가시면 된다고 말한다.

"저희 가게까지 직접 찾아주신 것만 해도 감사합니다."라는 말씀을 드린다. 그리고 고객에게 "잘 모르기 때문에 엄청나게 큰 고장으로 생각하시지만, 알고 나면 아주 간단한 문제인 경우도 많아요. 이런 일 정도는 우리가 언제든지 서비스로 해드리니 부담 갖지 마시고 불편한 점이 있으면 언제든지 찾아주세요."라고 말씀드린다.

물론 그것도 기술이고 실력이니, 그에 상응하는 대가를 받아야 하는 것이 아니냐고 반문하는 분도 있겠지만, 나는 고객의 신뢰를 얻는 게 우선이라 생각했기에, 그런 간단한 문제를 해결해 주는 것으로 돈을 요구할 수가 없었다. 이것저것 무엇인가를 하는 척하면서 뜸을 들인 후 "이것 때문에 그렇게 되었네요." 하면서 돈을 요구하는 것은 나 자신에게도 부끄러운 짓이기 때문이었다.

돈을 날린 사건 이후로 힘든 날들이 계속되었지만, 항상 믿음과 정성을 가지고 고객을 대하고 응했기 때문에, 어려움을 딛고 다시 일어설 수 있었다. 이 모든 것들은 나를 믿고 찾아주신 고객들 덕분이었다. 고객들이 나에게 월급을 주는 것이기에, 나는 해고를 당하지 않기 위해 최선과 정성을 다했다. 내가 하는 정성과

최선을 고객이 감동으로 받아들였는지는 잘 모르겠지만, 한번 나
와 인연을 맺었던 고객은 지금까지도 함께하고 있으니 잘못하지
는 않은 것 같다. '내 월급은 고객이 주는 것이다. 고객은 나를 해
고할 수도 있다.'

세이노의 가르침

  결혼 이후 적은 월급으로 매달 모은 돈이 결실을 맺어 어느새 2천만 원의 목돈이 되어 있었다. 처음으로 큰돈이 생겼지만, 어떻게 운용해야 할지 몰랐다. 그때부터 적금으로 모은 돈을 불리기 위해 어떻게 하면 좋을지, 인터넷에서 재테크 사이트를 검색하며 정보를 찾아다녔다. 경제신문을 읽어 보는 등 열심히 재테크 노하우를 찾아 헤매던 중에 우연히 어느 게시판이었는지, 블로그였는지 모르겠지만 "가난한 자는 다 선량한가?"라는 칼럼을 읽게 되었다. 한 자 한 자 읽어 내려가는 순간, 나는 누군가 야구 방망이로 내 뒤통수를 후려갈기는 듯한 충격을 받았다. 전율이 일어났다. 지금까지 내가 바라보고 있었고, 내가 생각하고 있던 경제에 대한 마인드가 얼마나 어리석고 부족한지 새삼 깨닫게 되었다.
  원문을 찾아보니 세이노의 가르침에 나오는 칼럼이라는 것을

알게 되었고, 나는 사이트를 검색하다가 다음카페에서 세이노의 가르침을 찾았다. 나는 카페에 가입한 뒤, 선생님이 올려놓은 글들을 읽으며 선생님이 읽으라고 권한 책들을 전부 읽기 시작했다. 2002년 3월에 개설된 카페에 내가 2004년 3월에 가입하였으니, 그나마 초기에 그 카페를 알게 된 것이 내 인생에 있어서 하나의 이정표가 되었고, 행운이라고 생각했다. 카페에서 선생님의 가르침을 알게 된 이후 나는 삶을 살아가는 자세부터 바꾸기로 했다.

그때 나의 인생 모토는 '피 터지게 살자!'였다. 휠체어 뒤에 숨지 말고 당당히 앞으로 나서자는 것이었다. 비장애인들이 잘못하면 그럴 수 있다고 말하겠지만, 나 같은 장애인들이 실수하거나 잘못하면, 흔히 하는 시쳇말처럼 "병신 육갑하네!"라고 하는 말이 들릴 것 같았다. 스스로 그렇게 드는 생각에, 나는 비장애인들보다 더 열심히 더 잘해야 했었다. 내가 장애인이니, 내가 휠체어를 타고 있으니, 조금 잘못해도 이해해 줄 거라고 하는 생각은 나의 발전을 가로막는 장애물이었다. 그건 나를 이해해 주는 것이 아니라 나를 죽이는 것과 다르지 않다고 생각했다.

나는 세이노의 가르침을 실천하기 위해 매일 출근하기 전 새벽 5시에 일어나 책을 읽고, 퇴근 후에는 밤 12시까지 책을 읽었다. 주말에는 집 밖을 나가지 않고 종일 책만 읽었고, 어떤 날은 하루에 두서너 권씩 읽었던 적도 있었다. 몇 날 며칠을 굶은 사람이 허기진 배를 움켜쥐고 미친 듯이 음식을 집어삼키듯, 나는 그렇게 미친 듯이 책을 읽어 내려갔다. 24시간 중에 18~9시간을 휠체어에 앉아 있어 다리가 퉁퉁 부어왔지만, 상관하지 않았다. 나는 그때 읽은 칼럼의 충격에서 헤어나지 못하고 더 치열하게 나를 몰아갔다. 2천만 원이라는 종잣돈으로 재테크를 해야 하는 것에 초점을 맞추는 것이 아니라 성공하기 위해서는 나의 몸값을 올려야 한다는 것이 먼저라는 것을 알게 되었다. 재테크로는 부자가 될 수 없다는 것이었다. 나는 컴퓨터 장사를 하고 있었기에, 내 몸값을 올린다는 것은 매출을 올려야 한다는 것으로 알았고, 매출을 올리기 위해 책을 통해 배운 것들을 응용하기 시작했다.

2004년을 전후로 하여 한참 인터넷을 달구었던 것이 〈10년에 10억 만들기〉였다. 자기계발서들이 봇물 터지듯 쏟아지는 해였다. "여러분! 여러분 모두 부자 되세요."라는 광고가 히트 칠 때였다. 나는 세이노의 가르침을 접한 후 그 가르침을 실천하면서, 휠체어를 탄 기초생활수급자로 시작하여 10년도 안 되어 10억을 만들었다. 이렇게 되기까지는 세이노의 가르침이 있었기에 가능했다. 정말 치열하게 삶을 살았고. 휠체어에 앉아 1년에 3만 킬로를 넘게 차를 운행할 정도로 구석구석 분주하게 다녔다. 잠이 부족하다 보니, 운전하면서 깜박 졸아 접촉 사고가 난 적도 있었다.

다행히 큰 사고는 아니었다. 북부산 요금소 앞에서 차가 너무 막혀 순서를 기다리던 중에 잠이 들었고, 깨어보니 앞차를 '쿵' 하고 받은 상태였다. 그 당시에는 앞만 보고 달릴 때였는데, 그만하기가 천만다행이었다. 그만큼 내게는 절실했다.

스물일곱 살에 교통사고를 당하고, 서른세 살에 결혼하면서 나는 그때야 비로소 제대로 된 경제생활을 시작하였기 때문이다. 사고로 거의 아무것도 하지 못한 7년여의 세월을 메꾸기 위해 나는 치열하고 피 터지게 살지 않으면 안 되었다. 책만 읽고 어떻게 그게 가능했냐고 할지 모르겠지만, 난 그것을 이루어 냈다.

다음카페에 가서 세이노의 가르침에 올라와 있는 글들을 읽어 볼 것을 추천하고 싶다. 휠체어를 타는 내가 가능했다면, 누구나 다 가능한 일이기 때문이다. 나에게 장애는 더 이상 숨길 것이 아니라 잘 활용해야 할 삶의 도구가 되었다. 내게 장애는 더 이상 장애가 아니었다. 나는 단지 몸이 조금 불편할 뿐이지, 스스로 장애를 가진 장애인이라 생각하지 않았다. 왜냐하면 비장애인보다 더 잘해 나갈 자신이 있었기 때문이었다.

나는 시간이 지나서도 공부를 멈추지 않았다. 공부할 것이 한두 가지가 아니었다. 고객을 대하고 영업에 대한 자세도 바꾸었다. 다른 동종업체들과 차별을 둘 수 있는 방법을 찾아야 했기 때문이다.

영업의 기본은 제품이나 서비스를 고객에게 판매하는 것이다. 이를 위해서는 고객이 제품이나 서비스의 가치를 인식하게 하고, 제품이나 서비스를 성공적으로 판매하는 것이 영업의 기본이라고 배웠다. 판매나 서비스가 성공적으로 이루어지면 영업은 끝났다고 생각할 수 있다. 그러나 나는 제품의 판매와 서비스가 끝나는 동시에 진짜 영업이 시작된다고 생각했다.

나는 서비스 의뢰서에 LPH라는 칸을 만들어서 기본 세 가지를 수행하였다. L은 문자와 편지이고, P는 택배와 엽서이고, H는 해피콜이다. 1차로 판매나 서비스가 끝나면 문자를 보낸다. 저장해 둔 천편일률적인 문자가 아니라 고객과 나만의 접점을 맞추기 위해 서로의 관심사와 더불어 보낸다. 고객과 접점을 만들기 위해서는 그만큼 고객에게 관심을 가지고 대화를 나누어야 한다. 어떤 식으로든지 나는 고객과 더 많은 대화를 하기 위해 노력했다.

문자를 보내고 나면 L에 체크한다. 일주일이 지나면 조그만 선물과 함께 안에 자필로 엽서를 쓴 다음 택배로 보낸다. 지역이 가까워도 택배로 보낸다. 받는 즐거움도 있을 것으로 생각해서였다. 택배를 보내고 나면 P에 체크한다.

그리고 며칠이 지나면 해피콜을 한다. 대기업에서 하는 그런 형식적이고 천편일률적인 해피콜이 아니라 안부를 묻고 인사를 하는 형식으로 친근함을 더하기 위해서 하는 해피콜이다. 해피콜의 목적 자체가 다르다. 해피콜이 끝나고 나면 H에 체크한다. LPH에 체크가 다 되면 고객프로그램에 내용을 기재한다. 제일 주의해야 할 점이 중복되게 하면 안 된다는 것이다. 문자를 보냈는데 또 보내는 실수를 저지르면 실망이 되어서 돌아올 수 있기 때문이다. 그러하기에 사소한 것 하나라도 놓치지 말고 고객관리 프로그램에 작성해 두어야 하는 것이다. 우리 가게에서 컴퓨터를 구매했든, 안 했든 나는 가게를 찾아주는 고객이라면 한결같은 마음으로 대해 드렸다.

판매한 제품에 대한 서비스는 무상서비스 기간이 존재한다. 하지만 컴퓨터를 포맷하고 프로그램을 설치하는 부분에 대해서는 무상기간이 없다. 하지만 나는 한 달간은 무상으로 서비스해 준다. 만약 프로그램을 설치하고 얼마 지나지 않아 바이러스에 감염되어 사용하지 못하는 경우가 발생했을 때, 그것이 사용자의 실수라 해도 나는 고객에게 과실을 돌리는 대신 한 달 내에는 무상으로 다시 해드렸다. 당장 눈앞의 이익보다는 고객 한 분 한 분의 마음을 얻는 것이 더 중요했기 때문이다.

나는 나의 이익을 우선해서 영업하는 것이 아니라 고객의 이익을 우선으로 해서 모든 일을 처리하려고 노력했다. 현재 문 닫는 업체가 많아지고 있지만, 나는 이 일을 좋아하고, 따로 할 수 있는 일이 없다고 생각하기 때문에 일에 전념하고 있다. 나의 고객들은 내가 문 닫을 것으로 생각하지 않고 있기에 한결같이 가게를 찾아준다. 내가 가진 장애로 다른 일은 할 수 없으리라는 것을 알기에 오늘도 고객들은 나를 찾아온다. 나는 장애를 가진 불편함을 넘어서 오히려 그것으로 인해 다행이라고 생각한다. 삶은 즐기는 자에게 행복을 베푸는 것 같다.

내 월급은 고객이 주는 것이다

세이노의 가르침이라는 것을 다음카페를 통해 접하고 나서 나는 많이 성장할 수 있었다. 내가 성장할 수 있게 지대한 도움을 주셨고, 장사를 하다가도 막히는 부분이나 풀어야 할 의문이 있으면 선생님께 메일을 보내 자문했다.

어느 날 나는 선생님께 장사에 대해 질문하는 메일을 보냈다. 어떻게 하면 매출을 더 올릴 수 있고, 어떻게 하면 고객들을 내 편으로 만들 수 있을까? 하는 장문의 메일을 보냈다. 선생님은 구구절절 방법론과 실천론을 말해주시는 것이 아니라 한 줄로 된 짤막한 답만 보내 주셨다. 나는 그 답을 토대로 최선을 다해 영업을 했다. 내가 보낸 메일에 대한 선생님의 답은

"판매가 - 원가=이득이란 공식을 믿으면 안 된다. 경쟁자를 이기는 방법에 대해서 공부했으면 좋겠다."

나는 선생님의 답변을 화두로 삼고 숙제를 풀어나가기 시작했다. 실천하든 하지 않든, 공부하든 하지 않든 모두 나의 몫이었다. 방법을 찾아 해결하는 것, 그것이 숙제였다. 판매가에서 원가를 빼는 것이 이익이라고 믿고 장사를 하고 있었는데, "이익=판매가-원가"라는 공식이 아니라고 하면, 그럼 진정한 이익이란 무엇일까? 고민을 거듭하던 나는 선생님의 다음 메일을 받고 깨달을 수 있었다. 진짜 이익은 고객의 충성도 곱하기 고객 수라는 것이었다.

"이익=고객의 충성도×고객수"

장사를 하는 동안 나는 선생님의 이 말을 기억하며 항상 최선을 다해 노력했다. 어떻게 하면 고객의 충성도를 높일 수 있을까? 어떻게 하면 경쟁자를 이기고 그들이 하지 않는 것을 할 수 있을까? 그럼 무엇이 충성도를 올리는 가장 큰 요인일까? 고민하고 또 고민했다. 책을 읽고 공부했다. 고객 수를 늘리기 위해 집중하기보다는 고객 한 분 한 분에게 최선을 다하고 나와 떼려야 뗄 수 없는 관계를 만들 수 있다면, 자연히 고객이 증가할 것이라고 생각했다.

열 명의 친구를 만들기 전에 한 명의 적을 만들지 말라고 하듯이 말이다. 나는 고객의 충성도를 올리기 위해 다방면으로 노력했다. 노력 중의 하나가 우리 가게를 찾아주시는 모든 분께 직접 쓴 편지와 복돼지를 넣어 택배를 보내는 것이었다. 이것은 앞에서도 계속 언급한 내용이었지만, 복돼지를 보낼 때, 그냥 보내는 것이 아니라 꼭 자필로 쓴 편지와 함께 다음과 같은 문구를 적어 의미를 부여하였다.

"제가 보내드리는 복돼지는 세상에 있는 모든 행복과 행운을 담을 수 있는 행운의 복돼지라고 합니다. 오늘도 기쁨과 행복을 복돼지에 차곡차곡 담아 언제나 행복한 나날을 만드시길 기원합니다."

연말이면 고객 한 분 한 분께 연하장을 직접 써서 보내드렸다. 연말에 맞춰 연하장을 받게 하려면, 10월 1일부터 연하장을 써야 했다. 나는 아침저녁으로 연하장을 쓰기 시작한다. 내가 연하장을 쓸 때가 되면 연말이 다가오는 신호였고, 연하장을 쓸 때면 우리집은 가내수공업 공장처럼 변한다. 내가 출근하고 없는 시간에 아내와 아내 친구들은 연하장 속지를 넣고 풀칠한 후 우편으로 보낼 수 있도록 정리한다. 한두 장이 아니라 4천 장이 넘는 연하장을 보내기 위해서는 그럴 수밖에 없었다.

또한 매주 월요일 아침마다 로또복권을 구매하여 컴퓨터 수리를 맡기거나 구매하시는 고객에게 꼭 당첨되어 좋은 일이 생기길 바란다고 말씀드리며 나누어 주곤 했다. 이 방법을 내가 제일 먼저 시도한 것 같았는데, 어느 날 인터넷을 보니 다른 업체도 똑같이 하고 있었다. 그래서 김이 좀 새기는 했지만, 좋은 것은 따라 해도 상관없다고 생각했다.

물론 이런 모든 행위가 고객을 위한 마케팅의 한 방법이라 치부하더라도, 나는 고객을 위해 정성과 마음을 쏟기로 했다. 이런 행동들이 하나하나 모이면, 언젠가는 고객의 마음을 얻을 수 있다고 믿었기 때문이다. 컴퓨터를 수리하고 판매하는데, 실력과 정직이 가장 기본이 되는 것은 당연하다. 실력과 정직함 없이 마케팅만으로도 고객 수와 매출을 늘릴 수는 있을 것이다. 그러나 그 순간에는 통할 수 있을지 모르지만, 오래 지속되기는 불가능할 것 같다는 생각이다.

내 생각이 틀렸을 수도 있겠지만, 기본을 바로 세운 이후에 해야 하는 것이 마케팅이라 생각한다. 무슨 일을 하든지 자기가 하는 일에 대해서는 끊임없이 공부해야 한다는 것이다. 지난날에 익힌 약간의 지식으로 평생을 먹고살려는 밑천으로 삼으면 안 된다고 생각한다.

일을 함에 있어서 사람의 기억은 한계가 있기에, 실수했거나 모르는 것을 찾아서 해결했다면 잊어버리지 않기 위해 스크랩을 하는 것도 중요하다. 십 년을 일했음에도 불구하고 처음 하는 것처럼 하면 안 된다는 것이다.

나는 마이크로소프트 원 노트라는 프로그램을 이용해서 중요한 것들은 섹터로 나누어 정리하고 스크랩한다. 또한 일정 프로그램을 이용하여 고객과의 시간을 철저히 지키기 위해 노력한다. 장사는 물건을 파는 것이 아니라 사람과 사람과의 관계를 만들어 가는 것으로 생각한다. 나는 장사는 인문학이라 이야기하고 싶다. 사람과 사람이 만나서 관계가 만들어지고, 컴퓨터는 단지 사람과 사람을 이어주는 매개체일 뿐이다. 장사를 하는 사람은 사람에게 집중해야 한다는 것이다.

　나는 혼자 있을 때, 종종 이런 생각을 하곤 한다. "말 한마디에 천 냥 빚을 갚는다."라는 속담이 있다. 이 속담을 보면서 도대체 어떤 말을 했기에 천 냥 빚을 말 한마디로 갚았을까? 과연 무슨 말을 어떻게 했을까? 한마디만 했을까? 궁금했다. 생면부지인 사람에게 선뜻 천 냥을 빌려줄 사람은 없을 것이니, 평소에 잘 알고 지내는 사람일 것이다. 그럼 그 돈을 빌린 사람은 평소에 어떤 행동을 했기에 천 냥을 빌릴 수 있었을까? 빌려주는 사람도 아무에게나 돈을 빌려주지는 않겠지만, 어떤 면모를 보고 빌려주었을까? 그럼 그 사람이. 말 한마디에 천 냥 빚을 갚았다고 해서 그것으로 끝냈을까? 그냥 그렇게 끝내지는 않았으리라 생각했다. 천 냥 빚을 말 한마디로 갚을 정도였다면, 그 말 한마디에 분명 빌려준 사람도 감동하였을 것이다.

　혼자 이런 생각을 주섬주섬하면서 기술적인 부분으로 사람을 대해야 하는 것은 아니지만, 말 한마디를 하더라도 어떻게 해야 하는지를 배우고, 알아야 했다.

『모든 대화는 심리다』라는 책에서 관계는 대화가 결정하고, 대화는 심리가 결정하는 것이라고 했다. 그래서 나는 사람의 마음을 얻는 데 있어서 심리를 파악하는 것이 무엇보다 중요하고, 협상도 한 방법이라 생각했다. 고객들이 우리 가게를 나갈 때, 만족감을 느끼고 나갈 수 있게 해야 한다는 것이 나의 운영방침이다. 후회하는 마음이 든다면 고객은 실망할 것이고, 그 실망은 관계를 깨트린다고 여겼기 때문이다. 고객의 마음을 얻기 위해서 나는 대화와 심리에 대해 공부했다. 그리고 같은 책을 반복해 읽으며 몸에 배도록 만들었다. 실전에서 언제든지 나올 수 있게 연습하고 또 연습했다. '아' 다르고 '어' 다르다고 하듯이, 어떻게 행동하고 어떤 말을 하는가에 따라 결과가 달라질 수 있기 때문이다. 이왕 하는 말이라면 고객이 실망하지 않고 만족감을 더할 수 있는 말을 하고자 했다. 말 한마디로 천 냥 빚을 갚는 말을 하고 싶었다.

그래서 대화와 심리에 관한 책을 하나로 묶어 집중적으로 읽었다. 묶어서 집중해서 여러 번 읽으면 몸에 배게 된다는 것이었다. 그때 읽은 책을 소개하고 싶어서 간략하게나마 적어 본다. 내가 여러 번 반복해서 읽은 책의 목록이다.

(1) 아네트 시몬스의『대화와 협상의 마이다스-스토리텔링』

직접적인 화법보다는 간접적으로 이야기를 통하여 언급할 때, 효과가 더 배가 된다는 주제로, 어떻게 이야기를 풀어 나가는가에 관해서 서술한 책이다.

(2) 래리 킹의『대화의 법칙』

이 책의 가장 큰 특징은 '열정을 가져라.'이다. 열정이 성공으로 가는 열쇠라고 이야기한다. 그리고 대화를 잘하려면 먼저 충분히 귀를 열어서 경청하라고 한다. 경청을 잘해야 많은 정보를 얻을 수 있을 뿐만 아니라 대화에서 선점을 할 수 있다고 한다. 그리고 대화의 법칙은 래리 킹의 자서전적인 성격의 책으로 보면 된다.

(3) 박선철의『한국형 협상의 법칙』

한국형 협상의 법칙은 우리나라의 설정에 맞게 기술했다고는 하지만, 뭔가 약간 빠져 있다는 느낌이 드는 책이다. 협상의 기본적인 원칙, 시간, 정보, 힘을 기준으로 해서 기술하였다.

(4) 허브 코헨의『협상의 법칙』

이 책은 훌륭한 책이니 꼭 읽어보길 권한다.

(5) 허브 코헨, 이것이 협상이다』

허브 코헨의 협상의 법칙의 연장선으로 협상의 법칙을 풀어 놓은 거라 보면 된다.

(6) 국제 변호사 김병국의 『비즈니스 협상론』

처음 볼 때는 많은 것을 간과했는데, 두 번째 볼 때는 더 많은 것을 알 수 있었다. 사실 난 개인적으로 책을 여러 번 읽으면서 가슴에 와닿는 책이 바로 이 책인 것 같다. 우리나라의 상황에 맞게 정말 잘 기술한 책으로, 무엇보다도 이 책에서 더 많은 협상의 비결을 배울 수 있었다. 예를 들면서 잘 풀어 놓았다. 마지막 협상의 삼십육계는 참 좋았다. '협상에 있어서 나의 정보는 최소한으로 하고 상대방의 정보는 최대한 확보하라. 나의 손실은 최소한으로 하여 양보하고, 상대방이 최대한으로 받았다고 느끼게 만들라.'라는 내용이 핵심인 것 같다

(7) 로저 도슨의 『설득의 법칙』

설득의 부분에 있어서 협상의 법칙과 상관 되는 부분이 참 많다. 설득의 부분에 대한 예를 들면서 알기 쉽게 기술한 책이다. 처음 부분은 상당히 좋지만, 뒤로 가면 갈수록 우리와 맞지 않는 부분이 조금씩 있다. 그러나 뒷부분에 카리스마를 가지는 법에 나와 있는데, 원론적인 부분을 많이 지적했다. 특히 다른 사람의 이름을 기억한 다음 인사를 마칠 때, 꼭 그 사람의 이름을 불러서 이름과 사람을 매치시키라고 하는데, 우리나라에서는 연장자의 이름을 부르기가 상당히 어렵다. 연장자의 이름을 부를 수도 없고, 정서상 직함을 불러 주는 것을 좋아하기 때문에, 대부분 직함으로 부르게 된다. 부장으로 진급한 지가 언제인데 여전히 과장님이라고 부르는 우를 범하면 안 되는 것이다. 대처하는 방법은 다르지만, 원칙은 맞는 말 같다. 살아남으려면 이름 정도는 꿰차고 있어야 한다고 하니, 전반적으로

읽어보면 좋은 책인 것 같다.

(8) 로버트 치알디니의『설득의 심리학』

설득의 여섯 가지 법칙을 보면, 우리가 얼마나 많은 설득의 상황에 노출되어 있는지 알 수 있으며, 설득하고 설득을 방어하는가에 대해 자세히 나와 있다. 많은 예와 실험을 통해서 알기 쉽게 우리의 심리를 분석해 놓았다. 영업을 하시는 분들은 꼭 읽어봐야 할 책이라 생각한다. 흔히 우리 주변에서 일어나는 설득의 심리가 어떤 것이 있는지 하나씩 하나씩 찾아보고 분석해 보는 것도 참 좋은 방법이라고 여겨진다. 간단히 시식코너부터.

(9) 다카이 노부오의『3분력』

이 책은 대화의 기술로 사용돼도 좋고 영업의 기술로 사용돼도 좋다. 3분에 할 수 있는 많은 부분을 기술해 놓았다. 실제 생활에 많이 도움이 되는 책이다. 결론부터 말하고 접근하면 대화의 시간이 짧아진다. 3분 안에 끝낼 수 있다. 그러나 상황을 살피면서 해야 한다. 등으로 기술되어 있다.

묶어서 집중해서 공부하는 동안 우리 고객뿐만 아니라 많은 사람과 대화하고 협상하였다. 기분 좋게 상대방의 감정을 거스르지 않으면서 서로 도움이 되는 계기를 만든 경우도 참 많았다. 내공을 쌓기 위해 연습한다고 생각하고 시도했던 일들이다. 마트에서 무게를 달아 파는 채소나 고기를 살 때, 이야기를 어떻게 하느냐에 따라 가격을 깎거나, 아니면 덤을 얻을 수도 있었다.

종합병원 같은 경우 퇴원수속을 밟고 정산하기 위해 한두 시간을 기다리는 것은 보통 있는 일이다. 나는 나의 문제를 해결해 줄 위치에 있는 사람을 직접 만나 해결하는 방식을 통해서 10분 만에 퇴원수속을 밟은 적도 있었다. 내가 원하는 것을 얻기 위해 떼를 쓰고 윽박지르는 것이 아니라 공부한 것을 토대로 그들의 마음을 얻으면서 움직일 수 있게끔 했다는 것이다.

말 한마디에 천 냥 빚을 갚는다고 하였듯이 내게 월급을 주는 고객의 마음을 헤아려 말 한마디도 제대로 하기 위해 부단히 노력했다. 이왕 하는 말, 더 고맙게 받아들일 수 있게끔 하고 싶었다. 나에게 월급을 주는 고객에게 말 한마디에 천 냥 빚을 갚는 말을 하고 싶었다. 우리 속담에 "이왕이면 다홍치마"라는 것도 있지 않은가!

인사하기

　친하게 지내고 있는 고객 중에 한 분이 컴퓨터를 구매해갔을 때의 일이었다. 고객이면서 동시에 잘 알고 지내는 형님이었다. 며칠 후에 결제하겠다고 하길래 그러라 했는데 그 며칠이 몇 주가 되고 몇 달이 되어 버린 것이었다. 기다리다 못해 나는 자주 독촉 전화를 했었고 몇 번의 통화를 하였지만 바로 결제는 이루어지지 않았다. 나는 결제받기 위해 계속 전화하였고 컴퓨터를 구매 한날로부터 몇 달이 지난 후 그분은 결제해주었다. 밀린 대금을 받았으니 모든 상황이 끝난 것으로 판단하고 나는 더 이상의 연락을 하지 않았다.

　그로부터 며칠이 지난 어느 날 느닷없이 그분이 전화해서 내게 불같은 역정을 내며 말하였다. "너는 인마! 돈 받기 전까지는 계속해서 돈을 달라고 전화하더니만, 돈을 받고 나서는 어째 일

언반구도 없냐. 받았으면 받았다고 말해야 하는 거 아냐? 돈 받았
으니 이제 끝이다 이거냐?"라고 하면서 욕까지 섞어서 나무라는
것이었다.

약속을 지키지 않은 것은 자기이면서 왜 나한테 화를 내지?'라
고 서운한 생각이 들었다. 하지만 대금을 받고 나서 내가 연락 한
번 하지 않고 제대로 감사 인사를 전하지 않았으니 화가 날 수도
있겠다고 생각하게 되었다.

나는 그 사건을 계기로 어떻게 인사를 해야 하고 내가 하는 인
사에 따라 상대방의 기분이 달라질 수 있겠다 하는 것을 깨닫게
되었다.

컴퓨터판매업을 하다 보니 개인과 기업체 거래가 많아질 수밖
에 없었다. 마트에서처럼 결제를 먼저하고 물건을 가져가는 것이
아니라 컴퓨터를 먼저 가져가고 며칠 후에 입금하는 경우가 허다
하다. 기업체 같은 경우는 익월 말 결제하는 것이 관례처럼 되어
있다.

예전에는 미수금이 들어오면 장부에 들어왔다고 처리만 하면
끝이었지만 이젠 미수금이 들어오면 꼭 전화나 문자로 감사 인사
를 한다. '오늘 입금해주셔서 정말 고맙습니다. 고마운 마음으로
잘 쓰겠습니다. 오늘 하루도 즐겁고 기쁜 하루 만드세요'라고 전
화나 문자를 하게 되면 상대방은 송금이 제대로 되었다고 생각할

것이다.

나는 당연히 받을 돈이라고 생각하기보다는 결제해주는 고객의 고마운 마음으로 받아들이고 인사를 하면 상당히 좋아들 하셨다. 꼭 결제에 해당하는 부분만 그렇게 인사를 하는 것이 아니라 사소한 것 하나라도 주고받을 때 나는 먼저 인사하는 것을 빼먹지 않는다. 또한 고객과 문자로 대화할 때도 마찬가지였다. 언제나 내 쪽에서 대화가 끝나야지. 고객에게서 대화가 끝나게 하면 안 된다는 것이다.

인사를 주고받다가 마지막으로 고객이 "이렇게 문자를 주셔서 고맙습니다"라고 보냈는데 내가 여기서 대화를 끝내버리면 고객은 무시당했다는 느낌도 들 수도 있다는 것이다. 마주 보고 이야기하는 것이 아니라 문자이기 때문에 더 신중해야 하는 것이다.

나보고 너무 깊이 생각하는 것 아니냐고 할지 모르겠지만 고객뿐만 아니라 사람을 대함에 있어서는 사소한 것이라도 그냥 넘어가면 안 된다는 것이 내가 장사를 하면서 느끼고 체험한 것이었다. 나는 항상 끝까지 답을 하고 고객이 더 이상 문자를 보내오지 않으면 그때야 문자 대화를 마치게 된다.

뒤에서 말을 이어 나가겠지만 세상에 당연한 것은 없는 것이다. 내가 당연히 받아야 할 돈이고 주는 쪽에서도 당연히 주어야 하는 것이지만 그 당연함을 당연함으로 치부하지 않고 고마움과 감사함을 표현한다면 관계가 달라질 수 있기 때문이다.

인사를 나눔에 있어서는 고객뿐만 아니라 친구부터 나와 관계를 맺고 지내는 모든 사람에게 사소함이 지나칠 정도로 세심하고 배려해야 한다는 것이다.

멀리서 사는 친구의 초대로 친구 집을 방문한 적이 있었다. 여러 명의 친구와 함께 즐거운 시간을 보내고 집에 돌아왔을 때 돌아왔으니 끝났다가 아니라 나는 친구에게 전화나 문자를 꼭 하였다.

'친구 덕분에 즐겁고 기쁜 시간을 보내고 왔다. 너무 좋은 시간을 만들어줘서 정말 고마웠다. 잘 지내고 다음에 또 보자.' 이렇게 보내면 친구는 무사히 잘 도착했구나 하고 안심하게 될 것이다.

어떠한 일이든 상황에서든 제대로 인사를 나누고 받으면 많은 것들이 좋은 방향으로 달라지고 관계의 깊이도 더 해진다는 것을 알게 되었다. 인사 하나 하는 게 무엇이 그리 대단할까 사소한 것으로 치부할 수 있겠지만 사소함에서부터 많은 것들이 만들어지고 이루어지기 때문이다.

사소한 것 하나라도 놓치지 않고 살피려고 하는 마음을 알아서인지 그것 때문인지는 잘 모르겠지만 유독 우리 휴먼씨엔씨 고객은 나와 친하게 지내는 분들이 많다. 우리 가게에 컴퓨터를 고치러 올 때 오랜만에 친구 집 방문하듯이 음료수나 과일을 들고 오시는 분들이 많기 때문이다. 고객이자 친구가 된 것이었다. 사실 냉정하게 이야기해본다면 내가 컴퓨터를 고치기 위해 서비스센터를 방문하는데 음료수나 과일을 사 들고 가는 경우가 살면서 얼마나 있을까? 과연 그것이 가능하기라도 한 것일까? 하는 의문을 가지게 만드는 행동들을 우리 고객은 나에게 해주고 있다.

나는 그분들의 마음에 한없이 고맙고, 감사함을 느낀다. 세상에는 당연한 것도 없을 뿐만 아니라 사소한 것도 없다.

사람은 책을 만들고 책은 사람을 만든다

내가 다른 도시에 있는 교보문고를 가보지 않아서 모르겠지만, 창원에 있는 교보문고 화장실에 가면 다음과 같은 글을 볼 수 있다.

"사람은 책을 만들고 책은 사람을 만든다."

나는 이 글을 볼 때마다 이보다 더 좋은 글이 있을까? 생각해 본다. 내가 그랬다. 책은 나의 멘토였다. 책을 읽고 실천함으로 인해 나의 모든 삶이 바뀌었다. 책은 나를 사람으로 만들어 주었다. 생각이 바뀌니 행동이 바뀌었고, 행동이 바뀌니 습관이 바뀌었고, 습관이 바뀌니 운명이 바뀌었다.

책을 10권만 읽어 보세요.

놀랍고 신기한 세계가 있다는 것을 맛보게 될 것입니다.

책을 30권만 읽어 보세요.

생각이 달라질 것입니다.

책을 50권만 읽어 보세요.

말이 달라질 것입니다.

책을 100권만 읽어 보세요.

행동이 달라질 것입니다.

책을 200권만 읽어 보세요.

삶에 기적이 일어나기 시작할 것입니다.

책을 300권만 읽어 보세요.

인생의 진정한 행복을 맛보게 될 것입니다.

책을 500권만 읽어 보세요.

인생이 무엇을 위해 왔으며, 왜 사는지 알게 될 것입니다.

책을 1,000권만 읽어 보세요.

자신을 따르는 사람이 생길 것이며,

그들에게 삶의 이정표와

인생의 행복을 나누어 주게 될 것입니다.

책을 2,000권만 읽어 보세요.

정신의 세계와 명상의 세계,

고요와 평안의 세계를 맛보게 될 것입니다.

책을 3,000권만 읽어 보세요.

나는 정말 운이 좋은 사람입니다

하늘과 땅의 도를 깨닫게 될 것이며,

성인의 경지에 이르게 될 것입니다.

인터넷에서 본 것인데, 출처는 알 수가 없다. 책 3천 권을 읽는다고 해서 성인의 경지까지는 아닐지 모르지만, 나는 저 문구를 사무실 벽면에 붙여놓고 책 읽기를 게을리하지 않는다.

길다면 길고 짧다면 짧은 인생이라고 할 수 있는 80년의 인생에서, 1년 정도 남들보다 늦다고 해서 크게 문제 될 것이 없다고 생각한다. 나는 7년이나 늦었다. 1년이 없다고 생각하고 1년을 투자하라고 이야기하고 싶다.

결코 쉬운 일이 아니다. 그렇다고 아무나 할 수 있는 일도 아닐 것 같다. 이것을 실천으로 옮길 수 있는 사람이 거의 없다고 생각할 만큼 어려운 일일 것이다. 나는 방황하거나 취업을 준비하는 젊은 청년들에게 꼭 해보라고 이야기한다.

한 달에 몇십만 원을 벌기 위해 아르바이트를 하는 것보다 딱 1년간만 부모님께 신세를 지는 것이다. 밥만 먹여 달라고 하고, 산속에서 수행하는 수행자처럼 행동하는 것이다. 그것은 바로 1년 동안 속세와 등을 돌리고 도서관에 가서 하루 종일 책을 읽는 것이다. 무협지나 판타지 소설 같은 흥미 위주의 책이 아니라 경제, 경영, 인문학 등의 책을 읽는 것이다. 책을 읽으면서 정리하면 더 좋겠다고 생각한다.

어떤 책이든 한 권부터 읽기 시작하면, 꼬리에 꼬리를 무는 것처럼 연속해서 책을 읽게 된다. 도서관에서 1년 정도만 수도승처럼 책을 읽는다면, 몇 권의 책을 읽을지는 모르겠지만 생각이 바뀌고, 행동이 바뀌고, 습관이 바뀌어 운명이 바뀐다는 것을 경험하리라 생각한다.

할 수만 있다면 살아가는 인생 속에서 가장 알찬 1년의 세월이될 것이고, 남들과는 확실히 다른 차별화가 되겠다고 생각한다. 책을 읽는 일이 모든 것을 해결하는 만능열쇠가 되는 것은 아닐지라도, 몇 개의 문 정도는 충분히 열 수 있다고 믿는다.

지금도 나는 일을 하는 중에도 책 읽는 것을 게을리하지 않는다. 나도 책을 통해 배우고 성장해 왔기 때문이다. 이것을 해낼 수 있는 사람이라면 분명 인생에서도 성공할 확률이 99% 이상 된다고 생각한다. 내가 하는 장담이 무슨 효력이 있을까마는 그래도 나는 그렇게 믿고 싶어지고, 누군가 믿어주었으면 하는 소망을 가져본다. 주위에 있는 젊은 청년들에게 꼭 한번 해보라고 권하는 일이다. 나는 그렇게 해서 경제적 자립을 이루었기 때문이다.

마지막으로 덧붙여 2015년 6월 15일 월요일 KBS 1Radio, 〈라디오 시사고전〉에서 방송한 내용을 옮겨 본다.

"KBS 1Radio, <라디오 시사고전> 서진영 박사입니다.

貧者因書富 富者因書貴(빈자인서부 부자인서귀)

최근 발표된 연구결과 중 하나가 '부자들과 가난한 사람은 일상습관이 다르다.'는 것입니다. 『인생을 바꾸는 부자 습관(Rich Habits)』의 저자인 토마스 콜리가 200여 명(223명)의 부자들과 100여 명(128명)의 가난한 사람들을 대상으로 '습관'을 조사한 결과인데, 과연 부자와 빈자는 어떤 면에서 가장 큰 차이를 보였을까요? 바로 부자들은 매일 30분 이상씩 책을 읽는다는 대답이 88%에 달했으나, 가난한 사람들은 2%에 불과했다는 점입니다. 그래서 왕안석(王安石)은 『권학문(勸學文)』에서 이렇게 노래했습니다.

貧者因書富 富者因書貴(빈자인서부 부자인서귀)

貧 가난할 빈, 者 놈 자, 因 인할 인, 書 글 서, 富 부유할 부.

즉 가난한 사람은 책으로 인해 부자가 되고, 그럼 부자인 사람은요?

富 부유할 부, 者 놈 자, 因 인할 인, 書 글 서, 貴 귀할 귀.

즉 부자는 책으로 인해 고귀하게 된다는 말입니다.

책과 공부는 세상과 자신을 바꿔주는 힘을 가지고 있습니다.

어떻게 바꿀까요?

『勸學文(권학문)』 시문 중 몇 군데를 더 읽어보겠습니다.

讀書不破費 讀書萬倍利(독서불파비 독서만배리)

책 읽기는 돈 드는 일 아무것도 없지만.

책 읽기는 내게 천배 만배 이로움을 준다.

愚者得書賢 賢者因書利(우자득서현 현자인서리)

우둔한 자 책을 얻어 현명하게 될 것이고.

현명한 자 책 때문에 예리하게 될 것이다.

賣金買書讀 讀書買金易(매금매서독 독서매금이)

금을 팔아 책을 사서 읽고 또 읽어라.

책 읽으면 금을 사는 것 아주 쉬운 일이 된다.

奉勸讀書人 好書在心記(봉권독서인 호서재심기)

책 읽는 이에게 정중하게 권하노니.

좋은 글은 마음속에 깊이 새겨 간직하라.

30분의 독서습관이 얼마의 시간이 흐른 후 부자와 빈자를 가릅니다.

貧者因書富 富者因書貴(빈자인서부 부자인서귀)

가난한 자는 책으로 인해 부자가 되고, 부자는 책으로 인해 고귀해집니

다. 이번 주에는 책을 가까이하여 지내보심이 어떨지요? 고전에서 배워

현재를 살아갑니다."

예나 지금이나 책 읽기의 중요성에 대해서 언급하는 것은 한

결같다고 생각한다. 유배지에서 보낸 『정약용의 편지』라는 책에서도 정약용이 자식들에게 책 읽기를 게을리하지 말라고 당부하는 내용이 나오니 말이다. 사람은 책을 만들고, 책은 사람을 만든다. 내게 있어 책은 나를 바로 세우고 일으켜 준 멘토였다.

장애인이 장애인을 돕다

삶의 방향을 바꾸는 일들은 뜻하지 않게 일어나는 것 같다. 나는 나의 의지와는 상관없이 일어난 일 하나 때문에 내 평생의 업을 하나 더 추가하게 되는 경험을 하게 되었다. 그 업이 바로 중고 컴퓨터를 수리하여 기초생활수급자와 장애인들에게 무료로 보급하는 일이었다. 얼마 되지 않은 매출로 직원 월급을 주고 나의 월급을 받아 가야 하는 빠듯한 상황에서 누군가에게 봉사한다는 것은 당치도 않은 일이었고, 봉사하겠다고 마음먹은 적 역시 단 한 순간도 없었다. 휠체어를 탄 불편한 몸을 이끌고 나 혼자 먹고사는 것도 힘든데, 어떻게 타인을 돌볼 생각을 하겠는가. 그것도 장애인의 몸으로 말이다. 나는 내 선의를 내세워 봉사하겠다고 마음먹은 적이 한 번도 없었다.

그런데 일은 항상 뜻하지 않게 흘러간다. 2002년 어느 날이었는지 정확히 기억나지 않는다. 진해에 계신 노신사분이 우리 가게를 찾아왔다. 어떻게 알고 오셨는지 모르겠지만, 기존에 사용하던 컴퓨터를 더 이상 사용하지 않는다면서 본체와 모니터를 주고 가셨다. 나는 웬 떡이냐고 생각했다. 그때 그 제품을 중고로 팔아도 40만 원 정도는 받을 수 있는 꽤 괜찮은 컴퓨터였다. 노신사분께서 주고 가면서 그 말씀만 안 하셨어도 나는 그 컴퓨터를 중고로 팔았을 것이다. 그분이 가면서 했던 말씀이

"장애인이나 어려운 사람들에게 그냥 주었으면 좋겠습니다."라고 하며 부탁하고 가셨다. 내가 장애인이기 때문에 장애인단체와 연계가 있고, 그러면 쉽게 전달할 수 있을 거로 생각하신 모양이었다.

"그렇게 하겠습니다. 감사합니다."라는 인사는 건넸지만, 그걸 중고로 판매하고 나서 줬다고 해도 모를 일이기에 갈등이 생기기 시작했다. 그렇지만 아무리 욕심이 나도 그렇게 할 수는 없었다. 양심을 저버릴 수는 없는 것이었다. 장애인단체에 근무하는 지인을 통해 살림이 넉넉하지 않아 아이들에게 컴퓨터를 사주지 못하고 있는 장애인 가정을 찾아 컴퓨터를 전달해 주었다.

내가 구매해서 주는 것도 아니고, 나는 컴퓨터를 수리하고 프로그램을 설치해서 그냥 심부름 정도만 한 것뿐이었는데, 꼭 내가 준 것처럼 연신 고맙다고 인사하는 그분을 보면서 기분 좋은

마음이 올라왔다. 양심을 팔지 않았던 나를 칭찬하면서, 그때 나는 새로운 마음을 먹었다.

앞으로 고객이 버리려고 하는 컴퓨터를 수리하고 업그레이드해서 기초생활수급자와 장애인들에게 무상으로 기증하기로 했다. 그 후로 컴퓨터 판매보다 기증하는 일로 더 바쁜 적도 많았다. 사람의 입이 얼마나 무서운지 모른다. 내가 컴퓨터를 기증한다는 것이 알려지면서 컴퓨터를 직접 우리에게 가져와 경제적으로 어려운 분들께 기증해 달라고 부탁하시는 분들도 생겼다.

나는 지인들과 거래처의 도움, 그리고 약간의 후원금을 받아 본격적으로 사랑의 PC 보내기 사업을 시작하게 되었다. 업체를 돌아다니면서 폐기하는 컴퓨터를 수거한 후 수리해서 기증하는 것까지 홈페이지를 통해 공개했다. '중고를 팔아서 사익을 챙기는 것이 아닐까?' 하는 우려를 불식시키기 위해 모든 것을 투명하게 공개한 것이다. 나는 사랑의 PC 보내기 사업을 나의 사비와 지인들의 조그만 정성을 더해서 내 사업과 함께 꾸려 나갔다. '휴먼씨엔씨'를 운영하고 사랑의 PC 보내기 사업을 동시에 하다 보니 직원을 더 구해야 할 정도로 바쁜 나날을 보내고 있었다.

어느 날 우리 가게 근처에 사시는 고객이 찾아왔다.

"제 조카가 사장님처럼 사고로 휠체어를 타고 있는데, 늘 집에만 있어서 안타까워 그러는데요. 데리고 오면 사장님께서 한 번 만

나봐 주실 수 있을까요?"라고 조심스럽게 말을 건네는 것이었다.

나도 그 심정을 잘 알고 있었고, 사고 이후 창원으로 다시 내려올 수 있었던 것도 병원에서 만난 형의 도움이 있었기에, 흔쾌히

"심심하면 놀러라도 오라고 하세요. 제가 도움이 될 수 있다면 무엇이든지 해볼게요."라고 했다.

이웃에 사는 고객이 말씀하시는 그 조카는 고3 때 시골에서 오토바이를 타고 집으로 가는 길에 사고를 당했다고 했다. 가스통을 실은 트럭의 꽁무니에 받쳐 농로로 떨어지는 사고를 당해 하반신이 마비되었다고 했다. 뺑소니로 신고했으나 그 시절에는 블랙박스도 없던 시절이었고, 한가한 시골길이어서 끝내 잡지 못했다고 했다.

그 친구는 그래도 나보다 훨씬 의지가 강한 친구였다. 고3 때 사고로 하반신마비가 되었지만, 검정고시로 고등학교를 졸업하고 운전면허도 취득했으니 말이다. 난 정말 아무것도 하지 않으려고 했는데 말이다.

그 친구는 직접 운전을 해서 매일 가게로 왔다. 나보다는 15살이 어리지만, 생각은 나보다 훨씬 큰 것 같았다. 나는 매일 오는 그 친구에게 컴퓨터에 대해 가르쳐 주었고, 나중에는 정식직원으로 채용하게 되었다. 어느새 사무실에는 비장애인 후배와 나의 아내, 그리고 휠체어를 타는 장애인 2명이 함께하게 되었다. 이후

병원에서 만난 인연으로 고3 때 실습을 나가 오른쪽 손목 아래를 절단하게 된 친구도 같이하게 되었다. 내가 일을 통해 장애를 극복하고 있었듯이, 함께 일하며 아픔을 이겨나가길 바랐다.

직원이 충원되어 바쁘게 처리하던 일이 조금씩 자리를 잡아가고 있을 때쯤 방송국에서 연락이 왔다.

2003년 2월, KBS 1TV의 〈전국은 지금〉이라는 프로그램에서 본인이 장애인이면서 어려운 장애인과 이웃들을 돕고 있다는 것을 듣고 촬영하고 싶다는 것이었다. 나는 〈시선 집중 이 사람〉이라는 프로그램에서 '컴퓨터로 전하는 이웃사랑'이란 제목으로 전국적인 방송을 타게 되었다. 장애인이 장애인을 돕는다는 것이 쉬운 일도, 흔한 일도 아니어서인지, 그때는 거의 모든 방송국에서 취재했다. 방송을 계기로 더 많은 분 들이 알아봐 주었고, 컴퓨터도 더 많이 기증하게 된 계기가 되었다.

직원들이 충원된 만큼 우리는 더욱더 열심히 일했다. 사랑의 PC 보내기 사업도 해마다 커져서 매년 150대의 컴퓨터를 기증하였다. 그렇다고 해서 우리의 본업을 소홀히 할 수는 없는 것이었다. 우리 직원들은 함께 월 1회 책을 읽고, 고객관리와 마케팅 그리고 자기계발에 관해 토론하고 공부하였다. 책을 읽고 토론을 통해 우리들의 마인드도 조금씩 바뀌어 가기 시작했다. 7년여 정도를 같이 근무하면서 책을 읽고 공부를 한 것이 도움이 되었는지, 휠체어를 타는 한 친구는 하고 싶은 것이 있다며 일을 그만두었다. 일을 그만두고 얼마나 열심히 공부했는지 당당하게 군무원 시험에 합격하여 군무원이 된 것이었다. 휠체어를 탄 최초의 군무원이라고 했다. 군무원 시험 최종면접 때, 면접관이 존경하는 분이 있는지 질문했는데, 그 친구는

"제가 제일 존경하는 분은 저에게 일할 기회를 주셨던 사장님입니다. '휠체어 뒤에 숨지 마라. 당당히 앞으로 나와 맞서 싸워라.'라고 해주신 말 덕분에 제가 도전할 용기를 낼 수 있었습니다."라고 말했다고 했다.

그 친구의 군무원 합격 소식이 나는 내 일처럼 기쁘고 한편으로는 고마웠다. 지금도 사무실 벽에는 그때 방송으로 나온 장면이 액자로 걸려있는데, 그 친구는 여전히 드라이브를 들고 컴퓨터를 조립하고 있다. 그 사진을 볼 때마다 나는 입가에 저절로 미소가 지어진다.

선택과 집중

'성 프란치스코의 기도문'을 인용한 구절 중에 이런 글을 본 적이 있다.

> "주여, 내가 할 수 있는 일은 최선을 다해서 하게 해주시고, 내가 할 수 없는 일은 체념할 줄 아는 용기를 주시며 이 둘을 구분할 수 있는 지혜를 주소서."
>
> 〈네가 어떤 삶을 살든 나는 너를 응원할 것이다〉 중에서

정말 나에게 하는 말 같았다. 이 구절을 읽는 중에 멘토 선생님께서 나에게 해주신 말이 떠올랐다.

"범희야, 인생이란 포기를 잘해야 잘 사는 것이다."

대학 시절, 그때는 그 의미를 정확하게 몰랐지만, 지금은 너무

나 명확하게 다가온다.

내가 하루 종일 24시간을 울어서 다시 걸을 수만 있다면 얼마든지 울 수 있을 것 같다. 그렇지만 그런 일은 절대 일어나지 않을 것이다. 헛된 후회에 사로잡혀 시간을 낭비하고 싶지 않았다. 사고 이후에 많은 것을 포기하고 살고 있었다. 사고 이전에 그렇게 열심히 오르내렸던 지리산은 이미 오래전에 가슴에 묻어두었다. 그건 내가 도전해야 할 일이 아니었기 때문이다. 나는 내가 할수 있는 일에는 최선을 다했고, 하지 못하는 일은 조금의 미련도 없이 그만두었다. 휠체어에 앉아 내가 할 수 있는 일은 정해져 있었다. 그 정해진 일을 나는 목숨을 걸고 하였다. 컴퓨터 가게를 크게 키우는 것이 나의 목표였다. 나는 그 일에 나의 모든 것을 쏟아야 했다.

난 그 목표를 달성하기 위해 매일 아침 고객들에게 편지를 썼다. 엽서라는 매체를 이용해서 삶의 지표가 되는 아름다운 문구를 적어 3개월에 한 번씩 엽서를 받아 볼 수 있게 매일 써서 보냈다. 매일 그렇게 엽서를 쓰면서도 가는 길이 보이지 않고 앞이 막히면 세이노 선생님께 메일을 보내 자문했다. 그러면 선생님은 짤막한 답변으로 길을 제시해 주셨다. 아름다운 문구로 엽서를 쓰고 있다고 말씀을 드리니, 그런 것보다는 나의 이야기를 써서 보내라고 하셨다. 선생님의 조언을 받아 나는 그때부터 나의 이야기를 솔직하게 적어서 보냈다. 아름다운 문구보다 나의 이야기를 전함으로 인해 고객과 더 친근해질 수 있다고 생각했다. 엽서를 보내고, 그다음으로는 모든 고객에게 나의 이야기가 들어있는 정성스러운 편지와 복돼지 저금통 두 개를 넣어 택배로 보냈다. 이런 일들이 알려지면서 경남신문에 실리기도 했다.

포기할 것은 포기하고 집중할 곳에는 집중한 결과였다.

〈http://www.knnews.co.kr/news/articleView.php?idxno=763516〉 이 링크를 통하면 지금도 기사를 읽어 볼 수 있지만, 기사 원문을 실어본다.

다시 희망을 품고… 이범희 휴먼C&C 대표

"신뢰 쌓는게 성공의 지름길"

자필 편지로 '고객감동'…1급장애 딛고 발전 거듭

기사입력 : 2009-01-06 00:00:00

"세상에는 정말 많은 사람들이 있습니다. 그중에서도 한 사람, ○○○님이 계셔서 정말 고마운 한 해였습니다. 고맙습니다."

경기침체 한파로 모두들 발을 동동거리며 한 푼이라도 더 모으고 아끼려고 애쓰는 요즘, 자신만의 신념으로 감동마케팅을 펼치며 희망가를 써 내려가는 이가 있다.

지난 2004년부터 5년째 고객에게 자필로 감사의 글을 써 온 창원 명서동 휴먼C&C의 이범희(42) 대표가 그 주인공이다.

그의 편지에는 특별함이 있다. 조립 PC 판매업을 하는 이 대표는 지난해 10월부터 12월 말까지 매일 새벽 5시에 일어나 펜을 잡았다.

두 달 동안 매일 2시간씩 투자해 연말과 연초에 고객에게 보낼 연하장에 마음을 담았다.

'자필 엽서'는 그가 펼치는 감동 마케팅의 핵심이다.

첨단기계인 컴퓨터를 만지는 일을 하는 이 씨에게 컴퓨터를 이용해 엽서나 연하장을 만들고 인쇄하는 일은 그리 어려운 일이 아니다. 하지만 그는 너무 디지털에만 집중하는 세태가 안타까워 2004년부터 사람 향기가 묻어나는 아날로그 방식의 자필 엽서를 쓰기 시작했다.

이 씨는 5년 동안 3월, 6월, 9월, 12월 등 1년에 네 차례 엽서와 연하장을 발송하는데, 이것이 지금은 휴먼C&C의 가장 큰 홍보전략이자 고객관리법이 됐다.

성과는 예상보다 컸다. 처음 편지를 썼던 2004년보다 매출은 100%나 올랐고, 지난해에는 연매출 4억6000만 원을 기록했다.

'장사는 물건을 파는 게 아니라 양심을 파는 것'이라는 그의 신념도 한몫했다.

이 대표는 "눈앞의 이득보다는 고객과의 신뢰를 쌓는 것이 장기적인 성공으로 가는 지름길이라고 생각했다."며 "큰 성공을 바라고 한 일이 아니라 내가 좋아서 시작한 일이다."고 말했다.

1600여 명의 고객 가운데 80%가 재구매를 하고 있고, 입소문을 통해 경남지역은 물론 타지역에서 구입 및 문의전화가 자주 온다고 한다.

이런 호응에 힘입어 그는 새로운 선물 아이템을 끊임없이 찾고 있다. 최근에는 '복돼지 인형' 한 쌍을 포장해 택배로 고객들에게 보내고 있다.

그가 10년 동안 키워 온 휴먼C&C란 이름에도 그의 마음이 담겨 있다. C&C는 Computer와 Communication의 약자로, 사람들이 컴퓨터로 소통하길 바란다는 뜻으로 직접 지었다고 한다.

휴먼C&C 직원 3명이 일하는 66㎡ 규모의 사무실은 큰 도로에서 떨어진 주택가에 자리 잡고 있다. 좁은 사무실에 들어서자 휠체어 두 대가 종횡무진 누비고 있었다.

교통사고로 다리가 불편한 이 대표는 1급 장애를 갖고 있다.

10년 전 조립 PC 판매점을 시작하게 된 것은 장애를 얻으면서 회사를 그만뒀기 때문이다. 가전제품을 만드는 대기업에 다녔던 그는 에어컨 설계 기사였다. 사고 후 앉아서 할 수 있는 일을 찾다가 컴퓨터 수리를 시작했다고 한다. 창업 초기에 비해 매출 규모는 10배나 커졌고, 직원 임○○, 감○○ 씨와는 10년, 7년째 동고동락하고 있다.

휴먼C&C는 또 지난 2002년부터 자체 사랑의 PC보내기 운동본부를 꾸려, 매년 150~200여 대의 중고 PC를 도내 기초생활수급자와 사회복지시설 등에 기증해 오고 있다.

휴먼C&C의 올해 목표는 매출 6억 원 이상 달성이다.

이범희 대표는 "모두 어려운 시기이지만 위기를 기회로 생각하는 것이 중요하다."며 "고객에게 쓰는 편지와 새로운 선물을 하는 것은 계속될 것이다."라고 말했다.

그는 또 "이득은 판매가에서 원가를 뺀 것이 아니며, 이득을 먼저 생각하면 장기적인 투자와 성공은 힘들다고 본다."며 "내 월급은 고객에게서 나오는 것인 만큼 고객을 최우선으로 생각하는 마음가짐으로 정직하게 일한다면, 올해 목표는 충분히 달성할 수 있을 것이다."라고 자신했다.

김희진기자 *likesky7@knnews.co.kr*

피할 수 없다면 즐겨라

"피할 수 없다면 즐겨라." 하는 말이 있지만, 피할 수 없는 것들을 어떻게 해야 잘 즐길 수 있는 건지는 모르겠다. 하지만 나 역시 피할 수 없는 장애가 있고, 피할 수 없기에 나는 내 나름의 방식으로 즐기고 있다. '즐기는 것과 활용하는 것을 같은 범주로 묶어두어도 괜찮지 않을까?' 하는 생각을 해본다.

앞서 이야기한 것처럼, 과한 욕심으로 인해 파산의 길목까지 갈 뻔했던 그 사건으로 알게 된 사장님과 함께 피해 구제를 위해 민·형사 사건으로 변호사를 찾아갔었다. 어차피 소송을 한다고 해도 구제받을 수 있는 금액은 극히 적었다. 어쩔 수 없이 동행하게 되었던 사장님은 공증도 받아 두지 않은 상태였기 때문에, 구제받을 방법이 아예 없었다. 그래서 나는 내가 청구할 금액이 많았기 때문에, 내 쪽에 업혀서 같이 가는 방향으로 결정했다.

일을 처리하기 위해 김해 가맹점뿐만 아니라 다른 가맹점도 들러야 했기에, 사장님은 나의 손발이 되어 같이 움직였다. 모든 비용은 반반 부담하기로 했다. 일을 처리하기 위해 변호사를 찾아갔을 때였다.

나는 사건에 대해서 전부 이야기하고 변호사 수임료에 대해서 변호사와 직접 협상해 보기로 했다. 내가 가진 장애를 잘 활용해 볼 생각이었다. 나는 변호사를 직접 만나 나의 사정을 이야기했다. 변호사를 만나기 전에 미리 가족사진도 한 장 지갑에 넣어 두었다. 나는 지갑에서 가족사진을 꺼내어 이제 갓 돌이 지난 아들의 사진을 보여주면서, '비록 사고로 장애를 입고 휠체어를 타고 다니지만 정말 누구보다도 열심히 살아가고 있다. 과한 욕심을 부린 나의 어리석음으로 지금 이 지경이 되었으며, 재산 대부분을 날린 상태라 최악의 상황이다.' 등등 최대한 안타까운 상황을 그대로 전달했고 결과는 좋았다. 나는 동양식 협상법으로 접근하여 수임료를 절반으로 해서 사건을 의뢰하게 되었다.

차후에 시설경매를 통해 내가 받을 수 있는 돈은 천만 원밖에 되지 않았다. 그렇게 받은 천만 원은 사건을 해결하기 위해 함께 움직였던 사장님과 일부 나누었다.

이 일을 계기로 해서 나중에 그 사장님과 같이 동업하게 되었다. 김해 진영에서 투자자 없이 둘이 직접 종합 멀티게임방을 열어 운영해 보자는 것이었다. 그동안 운영을 해온 노하우가 있었기에 문제없었다. 또한 종합 멀티게임방이 장사가 되지 않아 망한 것이 아니라 나쁜 한 사람의 일탈로 인해 망한 것이었기 때문에, 우리는 뜻을 모아 오픈까지 하게 되었다.

오픈을 준비하면서 나는 또 한 번 장애를 피하지 않고 즐겨야하는 상황을 맞이하게 되었다. 평수가 넓고 다수의 사람이 이용하는 멀티게임방은 소방 필증을 꼭 받아야 했다. 소방시설을 마무리하고 난 후 서류를 들고 소방서를 찾아갔다. 나 혼자 간다고했다. 누군가 뒤를 밀어주면서 들어오는 것을 관계자가 본다면내가 원하는 그림이 만들어지지 않을 거로 생각했기 때문이다.

여름이라 날씨가 상당히 더웠다. 소방서에 주차한 후 서류를들고 휠체어를 밀고 들어갔다.

"다중이용업소 소방 필증을 받기 위해 왔는데, 어디로 가야 하나요?"

"2층으로 가시면 됩니다. 그런데 오래된 건물이라 엘리베이터가 없는데요. 여기서 조금 기다리시면 제가 담당자를 데리고 오겠습니다."

"네. 여기서 기다리겠습니다."

조금 있으니 담당자가 내려와 일을 처리할 수 있게 되었다.

이미 영업장을 방문하여 소방시설을 다 점검하고 다녀간 후였기에, 나는 소방 필증만 받으면 되는 상황이었다. 휠체어를 타고 불편한 몸을 이끌고 방문한 것과 엘리베이터가 없어 1층에서 기다리게 한 것이 관계자의 마음에 조금 작용했는지 모르겠지만, 영업장 소방시설에는 문제가 없으니 바로 소방 필증을 발급해 주었고, 나는 의기양양하게 동업자 사장님께 건네주었다.

장애를 피할 수 있다면 제일 좋겠지만, 피할 수 없으니 나는 최대한 내가 하는 일에 있어 장애를 활용하려고 노력했다. 어차피 장애는 있는 것이고, 장애를 부정한다고 해서 없어지는 것도 아니니 상황에 맞게 활용하는 것이 더 나은 방편이었다.

앞에서 이야기한 사랑의 PC 보내기 운동을 하면서 비영리 사단법인을 만들 때였다. 주식회사를 만들기 위해서는 설립부터 등기를 마칠 때까지 보통 법무사 사무실을 통해서 하는 경우가 많지만, 나는 비영리법인을 만드는 것이라 법무사에게 의뢰하는 비용이 아까웠다.

나는 직접 하는 것이 공부에도 도움이 된다고 판단했다. 또한 협상을 공부하는 시점에서 사람들을 만나 내 나름의 방식으로 일을 풀어나가는 것이 더 좋았기 때문이었다.

준비해야 하는 서류를 빠짐없이 챙기고 법원에 도착했다. 등기 담당자가

"등기에 필요한 서류 하나가 빠졌는데, 이 서류가 없으면 안 됩

니다."라고 했다. 나는 서류를 빠짐없이 꼼꼼하게 챙긴다고 했음에도 불구하고 하나를 빠뜨렸던 것이었다.

"그럼 제가 지금 바로 가서 다시 가져오겠습니다. 꼼꼼히 챙기지 못한 제 불찰이니, 불편하기는 하지만 다시 가서 가져오겠습니다."라고 하며 약간의 제스처와 함께 너스레를 떨었다.

담당자는 굳이 다시 갈 필요까지는 없다고 하면서, 빠진 서류를 사무실로 전화해서 팩스로 보내달라고 하라는 것이었다. 담당자가 팩스로 받아서 처리해도 된다고 하니, 나는 두 번 움직여야 하는 번거로움을 피할 수 있었다. 빠트린 서류를 팩스로 받은 후 그 자리에서 법인 등기를 마칠 수 있었다.

'사단법인 경남장애인피씨보급협회'의 등기를 마칠 수 있었다. 나의 착각인지 모르겠지만, 나는 '내가 장애인이라서 수월하게 일을 처리할 수 있었던 것 아닐까?' 하는 생각을 하게 되었다. '장애인이라 해준 것이 아니라 원래 그렇게 하는 것이다.'라고 한다고 하여도 나는 내가 장애인이었기에 더 많은 배려를 받았다고 믿으며 살아간다.

지금까지 나는 나만의 착각을 진실로 믿고 나만의 믿음을 실천하며 고객을 응대하고 있다. 내가 장애인이기 때문에, 우리 고객들은 나를 더 많이 배려해 주고 있다고 믿고 있다.

컴퓨터를 수리하기 위해 출장을 부르는 경우도 많이 있지만,

컴퓨터를 직접 들고 방문하시는 분들도 꽤 많다. 컴퓨터를 직접 들고 오는 분들의 말씀을 들어보면, 직접 방문하면 배우는 것이 많기 때문이라고 한다.

대기업이 운영하는 서비스센터에 가면 맡겨놓고 수리가 끝날 때까지 다른 볼일을 보거나, 대기실에서 무작정 기다려야 한다. 하지만 우리 가게를 찾아오면 기다리거나 소외되는 것이 아니라 거의 나와 같이 일하는 수준으로 함께하게 된다.

고객이 컴퓨터를 들고 오면 나는 먼저 컴퓨터 뚜껑을 연다. 그러면 고객이 컴퓨터를 들고 밖으로 나가서 에어건으로 청소를 한다. 또한 진열장에 있는 부품을 내려 주기도 하고, 바닥에 있는 컴퓨터를 들어서 책상 위에 올려 주기도 한다.

나는 컴퓨터를 수리하는 동안 고객을 무작정 기다리게 하는 것이 아니라 수리하는 과정을 설명하기도 한다. 또한 컴퓨터 이야기뿐만 아니라 일상의 이야기를 주고받기도 한다. 어쩌다가 휠체어를 타게 되었냐고 물어보는 경우가 제일 많다. 교통사고로 이렇게 되었다고 말하고는 경험 이야기를 하나씩 꺼내 놓으면, 불편한 몸을 이끌고 이렇게 일을 하는 것에 대해 격려를 많이 해 주신다.

가끔 고객도 그들의 고민을 이야기할 때가 있고, 그러면 같이 고민을 풀어내곤 한다. 소소한 이야기부터 깊은 속내 이야기까지

하다 보면 고객들과 친해지기도 한다. 한두 번 이런 만남이 지속되면 이젠 고객을 넘어서 친구처럼 가까워지는 경우도 많다. 처음엔 고객으로 만났지만, 세월이 지나 지금은 나의 든든한 친구가 되어 준 이들도 꽤 많다.

나는 우리 가게를 한 번 찾아오면 다른 가게로 옮기는 것이 쉽지 않게 만들기 위해 노력한다. 한 번 고객은 영원한 고객이 되었으면 하는 것이 바람이었다. 고객들의 입소문이 우리 가게를 키워주는 원동력이 되었다. 좁은 골목길 안에서 석 달을 넘기기 힘들다고 할 정도로 열악한 환경 속에서 '휴먼씨엔씨'라고 하면 모르는 사람이 없을 정도로 알려진 것은 많은 선한 분들과 장애를 즐겨보자는 내 각오가 한몫했다고 생각한다.

비록 나만의 착각이라 한다 해도 내가 장애를 안고 살아갈 수밖에 없다면, 즐거운 착각으로 여기고 즐기며 살아가려고 한다.

서울 남부 교도소

　　2014년 4월, 서울 남부 교도소에서 강의 의뢰가 들어왔다. 재소자를 대상으로 강의를 하는 것이었는데, 그들에게 동기부여가 될 수 있는 이야기를 해달라고 요청해 왔다. 강의 시간은 두 시간이라고 했다. '어떤 이야기를 해야 재소자들에게 동기부여가 될까?' 고민했다. 훌륭하고 좋은 이야기들을 예로 들어서 강의한다면, 꼭 내가 가서 강의할 필요가 없을 것이라고 생각했다. 내게 강의 요청이 들어온 것은 내가 장애라는 역경을 딛고 지금까지 살아온 이야기를 진솔하게 해 달라는 주문이었을 것이다. 나는 동기부여가 될 수 있는 가장 효과적일 것으로 생각되는 내용을 강의원고로 작성하여 담당자에게 보냈다. 담당자가 강의원고를 검토한 후 좋다는 답변을 보내왔고, 나는 많은 시간 공을 들여 준비했다. 생전 처음 하는 강의라 떨리기도 했지만, 내가 장애를 딛고 강단에 서서 강의할 정도로 성장한 것에 내심 뿌듯했다.

담당자가 재소자들이 점심시간 이후에 강의를 듣는 것이라 조는 경우도 많고, 집중해서 들으려고 하지 않을 것이니 참고해서 강의하라고 하였다. 나는 충분히 공감할 수 있었다. 그들에겐 이미 희망이라는 것이 사라져 버렸을 것이다. 희망이라는 술래가 그들을 찾지 못하게 너무 꼭꼭 숨어버렸을 것이다.

강의하러 오는 사람들의 면면을 보면, 대부분 자기 분야에서 나름 성공한 사람들이었을 것이다. '재소자들이 그들의 강의를 듣는다고 해서 얼마나 동기부여가 되고, 공감할 수 있었을까?' 하는 생각을 했다. 자기들과는 너무나 다른 세계에 사는 사람이 와서 강의하는 것으로 생각하고 받아들였을 것이다. 그러하기에 그들은 강의에 집중하지 않고 잠을 잘 수밖에 없었을 것이다. 그들에게 강의는 어쩌면 몸을 잘 움직이지 못하는 장애인을 대상으로 건강한 사람이 찾아와 몸을 잘 사용하는 방법에 관해 이야기하는 것과 같았을 것이다.

내가 강의를 하기 위해 휠체어를 타고 들어서는 순간, 재소자들이 의외라는 표정으로 나를 쳐다본 것 같았다. 장애인이 강의하러 올 것이라고는 전혀 예상도 하지 못한 표정이었다. 나는 두 시간을 강의하는 동안 물 한 모금 마시지 않고 전력 질주하듯 쉬지 않고 강행하였다. 하고 싶은 말은 많았지만, 시간이 부족하였다.

내가 강의하는 동안 그들은 엄청난 집중력을 보여주었고, 그에 힘입어 나는 한 사람 한 사람의 눈을 맞추며 이야기할 수 있었다.

"여러분이 어떤 죄를 짓고 어떤 전과가 있는지 모르지만, 여러분이 가지고 있는 전과가 제가 가지고 있는 장애와 별반 다르지 않다고 생각합니다. 사회에 나가면 많은 어려움이 있을 테지만, 지금 힘들다고 해서 미래도 힘든 것은 아닐 것입니다. 미래는 아무도 알지 못합니다. 기저귀를 차고 절망에 빠져 죽음밖에 생각할 수 없던 스물일곱 청년이 지금 여기서 강의하고 있을 것이라고 누가 상상이나 할 수 있었겠습니까?

소변을 참지 못하기에 소변줄을 하고 있는데, 강의하는 지금 이 순간에도 소변이 새어 나와 방석을 적시고 있습니다. 저는 지금 제 몸에서 일어나는 생리현상 하나도 마음대로 할 수 없는 상태지만, 버티고 살아오다 보니 지금까지 왔습니다.

여러분은 지금 마음대로 사용할 수 있고 마음대로 움직일 수 있는 건장한 육체를 가지고 있습니다. 무엇이든지 할 수 있을 것입니다. 제가 장애를 입고도 여기까지 올 수 있었던 것처럼, 여러분도 충분히 할 수 있으리라 생각합니다. 제가 할 수 있었다면 여러분은 더 쉽게 할 수 있을 것입니다.

비록 지금은 여기에 갇혀 있지만, 미래에도 여기에 있을 거로 생각하지 않습니다. 더 빛나는 미래를 위해 오늘 힘들더라도 버티어 나가길 바랍니다. 분명 밝은 미래가 여러분을 기다리고 있을 것이라고 저는 확신합니다."

아무것도 없는 상태에서 장애를 딛고 이만큼 살아왔듯이, 재소자들도 할 수 있다는 말에 공감하였는지 강의를 마친 내게 많은 박수를 보냈다.

강의가 끝난 후 담당 선생님이 내게 강의에 대한 피드백 메일을 보내주었다.

늦은 메일을 드려서 죄송합니다.

강의는 어떠셨는지요?

미처 배려하지 못한 부분에 대해서 너무 죄송함을 느낍니다.

우리 사무실에서 센터 선생님들이 지금껏 들었던 강연 중에

박수 소리가 가장 컸다고 합니다.^^

사실 강연을 하면 70% 이상 자는 사람들입니다.

오늘 있었던 사람 중에는 노숙자, 지적장애자, 조직폭력배 등

다양한 사람들이고, 점심시간 이후에는 거의 낮잠을 자고,

워낙 냉소적인 사람들이고, 포기한 사람들이 많았습니다.

집중력이 많이 떨어졌을 텐데, 70% 이상이 집중력을 보여준 건

참으로 놀라웠습니다.

참 좋았다고 다른 반 선생님들에게도 피드백했었다고 합니다.

전 특히 젊은 사람들 몇몇을 제외하곤 열심히 들은 게

더 고무적이었습니다.

사실 저 윗선에서는 너무 거리가 멀고,

불편감을 드리지 않겠냐는 걱정 때문에,

우려 섞인 반대가 있었는데.

같이 들었던 팀장님도 강연이 너무 좋았다고 하셨고,

수용자들 의견을 수렴한 이후 윗선에

더욱 이야기해 보겠다고 합니다.

너무너무 좋았습니다. 대표님.

정말 제 생애 최고의 감동이었습니다.

이후 강의 요청이 더 있었다. 하지만 거리가 먼 것도 문제였지만, 강의 도중에 소변이 새어 나와 방석을 적셨던 일이 윗선에서는 부담스러웠던 것 같았다. 강의는 훌륭하고 좋았지만, 나를 배려하는 측면에서 강의가 더 이루어지지는 않았다.

나는 강의를 마치고 서울에 있는 처가로 갔다. 강의하고 받은 강연료를 장인어른과 장모님께 드리며

"제가 강의를 할 수 있을 만큼 성장하게 된 것은 장인·장모님께서 제게 딸을 주셨기 때문에 가능한 것이었습니다. 오늘 받은 강연료는 두 분 덕택으로 받은 것이니, 장인·장모님께 드리겠습니

다."라고 말씀드리고 봉투를 건넸다.

　나는 봉투를 건네면서 뿌듯한 자부심과 함께 그동안 피 터지게 삶을 살아온 나를 인정해 주시는 듯한 장인·장모님의 눈빛에 더없이 기뻤다.

성공은 실패를 통해서 배운다

2014년, 새로 집을 짓는 동안 욕심이 화근이 된 사건이 있었다. 상가를 보유하고 있는 친구가 상가에서 받는 임대료로 노후를 준비한다는 이야기를 들으면서, 나도 상가를 보유하고 싶다는 욕심을 내게 되었다.

여러 정보를 취합한 결과, 새로 짓는 아파트 상가에 투자하는 것으로 결정하고 분양하는 곳을 찾아보았다. 도심 외곽에 있는 838세대의 아파트에 분양하는 상가가 있었다. 입주 세대수에 비해 상가가 7개밖에 되지 않아 경쟁이 치열하겠다고 생각했다. 아파트 상가는 일반상가와 달리 상가의 가치가 올라 차익을 노리는 투자보다는 꾸준하게 나오는 임대수익을 목표로 했다.

누가 봐도 편의점이 들어올 것 같은 자리에 입찰하였다. 나름대로 경쟁이 치열할 것으로 짐작하고 혹시라도 그 자리가 낙찰되지 않는다면 2순위 자리라도 받아야겠다는 생각에 입찰을 두 곳이나 하게 되었다. 처음부터 잘못 생각했고, 단추를 잘못 끼우게된 계기가 되었다.

오전에 입찰하고 오후 발표 시점이 다가오면서 난 무엇인가 잘못되고 있다는 것을 직감적으로 알게 되었다. 욕심이 앞섰던 것이었다. 내가 가지지 못한 것을 부러워하면 안 되는데, 친구의 이야기를 듣고 배가 아파 욕심이 앞서고 마음이 조급해지다 보니 오류를 범했다. 이전의 입찰자료들을 충분히 살펴보질 못했던 것이었다. 잘못을 알았을 때는 이미 늦었다. 두 곳에 입찰한 상가가 다 낙찰이 되어 버린 것이었다.

애초부터 한 곳만 할 생각이었는데, 두 곳이 낙찰되다 보니 일이 꼬이기 시작하였다. 편의점 자리는 유지하더라도 나머지 한 곳은 손절매할까 하는 생각도 했었다. 아파트 상가에는 보통 부동산, 치킨 또는 피자집 그리고 미용실과 학원, 편의점 등이 하나씩은 들어온다. 공실만 생기지 않는다면 문제가 없을 것이라는 개인적인 판단을 내리고 두 상가 모두 안고 가기로 했다.

자금계획은 상가 한 곳만 하는 것으로 예산을 꾸렸지만, 두 곳이 되는 바람에 대출을 받아야만 했다. 상가에 투자하면서 생전 처음으로 대출을 받게 되었다. 중도금 일부는 투자해 두었던 펀드를 해지하면서 충당했다. 나머지 자금 대부분은 대출로 충당해야만 했다. 집과 상가를 담보로 해서 5억 원을 대출받았고, 신용대출로 5천만 원을 받았다. 저금리 시절이라 자금 압박은 심하지 않았다.

2015년 10월 사용승인과 동시에 편의점 자리는 CU와 계약했다. 주변의 시세보다 좀 더 높은 임대료로 계약했다. 2년 거치기간에는 이자만 내면 되었기 때문에 문제는 없었다. 다른 한 곳도 입주가 완료되면 임대가 되겠다고 생각했다. 그러나 생각대로 되지 않았다. 아파트 입주는 완료되었으나 상가는 계속 공실로 남아 있었다.

2017년 6월에 가상화폐를 알게 되었다. 펀드에 들어있던 자금과 주식에 투자되어 있던 자금 중 거의 대부분을 가상화폐에 투자하였다. 비트코인 대신에 나는 이더리움에만 집중투자를 했다. 공부를 해보니 비트코인보다는 이더리움에 더 매력이 있었기 때문이다. 나는 이더리움 하나만 분할로 매수해서 모아갔다. 내가 투자할 수 있는 돈은 한정되어 있었고, 약간의 여유자금만 두고 투자를 진행했다.

2017년 말부터 코인 광풍이 불기 시작하여 거의 모든 가상화폐가 폭등하였다. 조금씩 매수했던 이더리움이 최고 240만 원까지 갈 때는 그냥 바라보는 것만으로도 즐거웠다. 가격이 더 오를 것이라고 믿고 나는 하나도 팔지 않고 있었다. 가격이 내려가고 있어도 곧 회복될 것이라는 믿음이 있었다. 잘못된 믿음은 잘못된 결과를 초래하게 되었다.

이더리움 가격이 하방 경직성을 보이자, 나는 dai라는 스테이블 코인으로 풍차돌리기를 하여 이더리움의 개수를 늘리려고 했다. 바둑에서 장고 끝에 악수를 둔다고 하듯이, 이더리움의 개수를 늘리기 위해 풍차돌리기를 한 것이 악수가 되었다. 내가 풍차돌리기를 시작한 그때부터 2019년까지 가격은 줄곧 하락했고, 240만 원까지 갔던 이더리움 가격은 10만 원이 무너지고 있었다.

나는 이더리움의 청산을 막기 위해 가지고 있던 모든 이더리움을 담보로 맡겨야만 했다. 그런 와중에서 또 이더리움을 팔아서 dai를 일부 상환하고 나서야 청산 가격을 더 낮출 수 있었다. 개수를 늘리기 위해 시도한 것이 오히려 역풍이 되어 가지고 있던 이더리움의 3분의 1을 날려 먹게 되었다.

나는 북풍한설 같은 크립토 겨울의 시간을 힘겹게 버티어 나가고 있었다. 그때의 강력한 추위를 견디며 보낼 수 있었던 것은 책 읽기와 운동이었다. 코인 가격이 내려가 심리적으로 불안정했지만, 독서를 하면서 나는 마음의 안정을 찾아갔다. 심리적으로 시장이 하락할 때 정적인 활동을 하게 되면, 시간이 더 늦게 흐르고 오히려 고통이 가중된다고 한다. 정적인 활동보다는 동적인 활동을 주로 하는 것이 심리적인 측면에서 도움이 된다는 것이었다. 그런데도 나는 책을 읽었다. 책을 읽는 것이 어떻게 도움이 되었던 것일까?

나는 첩첩산중을 헤쳐 나가고 있었다. 집을 담보로 해서 받은 대출금의 거치기간인 2년이 지나자 원금과 이자를 상환해야 했다. 엎친 데 덮친 격으로 이더리움의 개수도 날려 먹고 있었다. 점점 자금의 압박이 오기 시작했다. 아파트는 입주한 지 4년이 지났으나 아파트의 한 상가는 여전히 공실이었다. 상가를 매도하려고 해도 매수하고자 하는 사람이 없었다.

나는 코인 시장이 망할 것 같다는 두려움과 상가 대출금 상환에 잠을 이룰 수 없었다. 다시 처음부터 시작하기에는 컴퓨터 시장도 만만치 않았지만, 내 나이도 50이 넘어가고 있어서 부담이었다. 나는 혹시나 버티지 못하는 최악의 경우까지 생각하고 있었다.

2018년, 코인 시장이 무너지는 그때부터 나는 수익으로 들어오는 모든 자금을 부채 상환에 집중했다. 대출을 받아 구매한 상가가 가치도 오르고 임대료도 오른다면 대출금을 상환하는 것이 얼마나 기쁘겠는가. 하지만 나는 밑 빠진 독에 물을 붓는 심정이었다. 주변 상가보다 더 비싼 금액으로 낙찰을 받은 것도 문제였지만, 상가의 가치는 나날이 떨어지고 있는 가운데 한 곳은 여전히 공실로 남아 있었고, 정말 힘 빠지는 나날의 연속이었다. 설상

가상 CU와의 계약도 2년이 지나자 임대료를 낮추어 달라고 요구해왔다.

　2년이 지난 시점에서도 7개의 상가 대부분이 공실이었다. 어쩔 수 없이 임대료를 낮추어 줄 수밖에 없었다. 그리고 고정금리에서 변동금리로 바뀌면서 금리도 더 올랐다. 나는 은행에 항의전화를 했다. '한 번도 연체하지 않고 성실하게 상환하고 있는데, 깎아줘도 모자랄 판에 올리는 것은 너무한 것 아니냐? 깎아 달라. 안되면 더 저렴하게 옮길 수 있는 것으로 알아봐 달라.'고 했다. 그러자 담당자가 집을 담보로 받은 대출에 대해서는 한국주택금융공사에서 실행하는 모기지론으로 옮겨 탈 수 있으면 금리를 낮출 수 있으니 알아보라고 알려 주었다.

　한국주택금융공사에서 하는 대출은 온라인으로 신청이 가능했으며, 10월까지의 신청분에 한해서는 연 2%로 해준다고 되어 있었다. 필요한 서류는 전부 온라인으로 스크래핑이 되었다. 심사를 거쳤으나 원하는 금액만큼 대출이 나오지 않았다. 대부분 온라인으로 서류를 스크래핑하기에, 온라인으로 나의 소득을 증빙하는 데에는 한계가 있었다. 나는 아내와 함께 우리의 재산과 소득을 증빙할 자료와 상가 사진을 현상하는 등 필요한 자료를 더 준비해서 주택금융공사에 휠체어를 타고 직접 담당자를 찾아갔다.

나의 상황에서 이 정도의 대출금은 지금도 갚을 수 있다는 것을 어필하고, 보완서류를 더 제출하면서 좋은 결과가 나올 수 있도록 도와달라고 했다. 그 이후에 몇 가지 더 필요한 서류를 제출하고 나서 원하는 금액 전부를 대출받을 수 있었다. 나는 교환 대출을 실행해서 기존 3.75% 금리의 대출을 다자녀 혜택으로 0.2% 할인, 그리고 온라인으로 신청하면서 0.02%가 더 할인되어 최종 1.78%의 고정금리, 30년 균등 상환으로 옮겨 탈 수 있었다.

어려운 시기였지만, 앞에서도 말하였듯이 이 난국을 헤쳐 나갈 수 있게 도와준 것은 책이었다. 나에게 심리적 안정을 찾게 해준 책은 바딤 젤란드가 저술한 『리얼리티 트랜서핑 1』(러시아 물리학자의 시크릿노트)이었다. 지인이 추천해 준 책인데 어떤 시간, 어떤 상황에서 읽느냐에 따라 다르겠지만, 그때의 나에게는 이 책이 구세주처럼 다가왔다. 난 이 책으로 인해 스트레스에서 벗어날 수 있었고, 마음을 편하게 가질 수 있었다.

새벽 5시에 일어나 운동을 하고, 업무에 매진하면서 틈틈이 책을 읽었다. 그렇게 나의 하루는 어떻게 가는지 모를 만큼 빠르게 지나갔다. 운동으로 몸을 단련하고, 책으로 마음의 안정을 찾았다.

그때 나는 돈이 무섭다는 것을 알게 되었다. 대출과 무리한 투자가 무섭다는 것을 깨닫게 되었다. 피 터지게 살아야 한다는 것을 삶의 모토로 삼아 하루하루 치열하게 살 때는 1년에 저축한 돈만 1억이 넘었다. 십 년 정도를 그렇게 운영하다 보니 돈이 겁나고 무서운 줄 몰랐다. 상가 대출과 투자한 코인이 나락으로 빠지는 사건을 겪으며 돈의 무서움과 두려움을 알게 되었다.

나이가 쉰이 넘어가면서 투자에 좀 더 신중해야 했음에도 불구하고 과한 욕심을 부린 것이었다. 욕심으로 인해 벌어진 사건을 계기로 나는 나 자신을 더 자세히 돌아보게 되었다. 다시는 이와 같은 실수를 범하지 않기 위해 하워드 막스의『투자와 마켓 사이클의 법칙』을 반복해서 정독했다. 성공은 실패의 씨앗을 품고 있고, 실패는 성공의 씨앗을 품고 있다고 한다. 실패를 통해 배우지 못한다면 그것이 바로 실패라는 것이다.

2020년, 코로나 팬데믹으로 세상이 멈추는 일이 발생했다. 끝없이 추락했던 자산시장이 쏟아지는 양적완화 자금을 바탕으로 수직으로 상승하기 시작했다. 나는 힘들고 어려웠던 시간을 버텨온 보상을 받을 수 있게 되었다. 주식뿐만 아니라 이더리움의 가격도 2백만 원을 넘어 3백, 4백, 5백만 원까지 올랐다. 두 번의 실수를 되풀이하지 않기 위해 전고점을 넘는 시점부터 분할매도를 하기 시작했다. 분할매도한 금액으로 나는 대출금부터 상환하였다. 힘든 시기를 지내오면서 1.78%밖에 되지 않는 저금리의 대출을 모두 상환할 만큼 심리적인 압박감이 심했다.

컴퓨터판매업도 이제 수익이 많이 줄어들고 있기에, 나는 미래를 대비하기 위한 투자를 더욱 신중히 생각해 임하였다. 일부는 투자자문사에 일임하게 되었고, 가지고 있는 자산을 배분하기 시작하였으며, 일부는 현금으로 준비해두었다. 현금만 있으면 참지 못하고 투자하는 것도 어리석은 행동이었다

지금은 간접투자를 주로 하고 있지만, 직접 투자는 정말 소액으로만 하고 있다. 시장을 바라보는 시각을 유지하고 공부하기 위해 직접 투자를 지속하고 있지만, 한 종목당 최대 5백만 원을 넘기지 않는다. 수익이 크다면 손실도 크기 때문이다. 욕심을 부리면 화를 부르게 된다. 공부가 부족해도 그렇다. 그래서 공부하는 데 더 많은 시간을 할애하고 있다.

상가 투자가 왜 실패했는지 나름의 생각을 정리하면, 첫째는 너무 외곽지역이었다. 아무리 아파트 상가가 안정적이라고 하지만, 외곽지역이라는 특수성과 베드타운이라는 한계를 극복하기는 어렵다는 것이었다. 상권이 형성되기 위해서는 그만큼 유동인구가 많은 핵심지역이 되어야 한다는 것이다.

두 번째는 아파트 출입구가 두 개라는 것이었다. 간단하게 설명하면, 뱀처럼 길게 배치가 되어 있는 아파트에 뱀의 입과 꼬리

부분에 해당하는 곳에 출입구가 있으니, 사람들의 동선이 분산되어서 상가가 활성화되기 어렵다는 것이었다.

셋째는 아파트 상가 낙찰 가격에 대한 조사와 공부가 부족했던 것이었다. 시간을 가지고 지난 데이터를 분석해야 함에도 너무 쉽게 생각한 것이 화근이 된 것이었다.

위의 세 개의 원인이 내가 생각하는 실패의 요인이었다. 실패를 통해 끊임없이 올라오는 욕심이라는 마음을 내려놓을 수 있었고, 투자에 대해 잘못된 생각을 돌아보는 계기가 되었으며, 돈을 바라보는 겸손한 자세를 가지게 되었으니 나에게는 오히려 전화위복이 되었다.

〈중아함경〉 사주품에 다음과 같은 내용이 있다.

"묘한 보배가 비처럼 내려도 욕심 많은 자는 만족하지 않구나(天雨妙珍寶 欲者無厭足 -천우묘진보 욕자무압족)." 그러면서 "비록 황금을 쌓아 산과 같게 한들 어느 한 사람도 만족하게 할 수 없다(若有得金積 猶如大雪山 ——無有足-약유득금적 여유대설산 일일무유족)."

욕심은 바닷물을 마시는 것처럼 마시면 마실수록 더 갈증이 생긴다.

나는 내가 가지지 못한 것과 남보다 부족한 것에 대해 비교하면서 과분한 탐욕을 일으키지 않으려고 한다. 지금 가지고 있는 것이 비록 많으면 많고 적다면 적을 수 있지만, 이미 얻은 것을 두고 적다고 불평하지 않아야 한다는 것을 배웠다. 휠체어에 앉아 과분한 욕심을 부리며 마음을 졸이고 안달하는 것은 나의 명을 단축하는 것과 다를 바가 없다. 소욕지족(少欲知足)의 삶을 살며 이제부터는 조금씩 내려놓으려고 한다.

나의 꿈 집을 짓다

적금 2천만 원과 그동안 모아두었던 돈을 다 털어서 멀티게임 방에 투자하였다. 앞서 말했던 것처럼 2년도 채 되지 않아 게임 방이 망했고, 그동안 모아둔 돈도 싹 다 날렸지만, 처음부터 다시 시작한다는 마음으로 일에 더욱 몰두하였다. 먼저 생활비를 제외하고 남는 돈을 투자하는 것이 아니라 가용할 수 있는 돈을 먼저 투자하고, 나머지 돈을 지출하는 방식으로 소비를 최대한도로 줄였다.

우선 카드부터 잘랐고, 외식비용은 물론 주거관리비도 10만 원이 넘지 않게 허리띠를 졸라맸다. 반면에 투자는 최대한 늘렸다. 2004년 말부터 투자에 집중을 더하게 되었다. 투자에 관한 공부가 많이 되어 있지 않은 나는 간접 투자방식을 선택했다. 그때 시작한 것이 적립식펀드에 투자하는 것이었다. 코스피가 500을 넘어가는 시점에서 내가 판단한 것은 대한민국이 망하지 않는 한 절대 손해보지 않을 것이라고 생각했다. 그때는 적립식펀드를 거의 하지 않을 때였다.

나는 넣을 수 있는 모든 돈을 펀드에 넣었다. 계란을 한 바구니에 담지 말라고 하지만, 계란도 계란 나름이지 몇 개 되지도 않는 계란을 여기저기 나누어 담을 수도 없는 노릇이었다. 나는 모든 자금을 펀드에 집중하는 것을 선택했다.

가게의 매출을 늘리기 위해 매일 늦게까지 책을 읽으며 공부하고, 고객들에게 편지를 썼다. 늘 부족한 시간이라 주말에도 아이는 아내에게 맡기고 나는 공부를 했다.

피 터지게 일을 하며 돈을 모았고, 치열하게 하루하루를 살았다. 미분양으로 나와 있던 아파트를 청약하고 2008년 초 입주를 앞두고 있던 시점에, 난 아파트 잔금을 납부 하기 위해 펀드를 해지했다. 금융위기가 닥치고 있을 때쯤이었다. 코스피가 2,000포인트를 넘어 질주하다가 다시 2,000 아래로 꺾인 후 재차 반등하면서 2,000을 회복할 때 펀드를 해지했다.

미분양된 아파트를 분양받았기에, 중도금 없이 입주 전에 잔금을 완납하면 되었다. 분양금액이 35평 기준 2억 4천 정도 되었다. 펀드를 해지하면서 생긴 수익금만으로 아파트를 매수할 수 있었다. 대출 없이 아파트 잔금을 다 치르고, SUV 차량으로 차도 바꾸었다. 휠체어를 신고 아이 둘을 포함한 식구들이 함께 타고 다니기에는 차가 너무 작았다. 그동안 허리를 졸라매며 덜 쓰고 덜 먹으며 피 터지게 살면서 모으고 투자한 결과였다. 장애가 있어도 열심히 하면 무엇이든지 이룰 수 있다는 자신감이 생기게 되었다.

2008년 생애 처음으로 내 집을 마련하게 되었다. 두 아들 녀석이 커가는 것을 보면서 힘든 줄도 몰랐다. 매일 새벽에 일어나 책을 읽다가 출근하고, 일을 마친 후 퇴근해서 돌아오면 아이들은 잠들어 있는 경우가 많았다. 매일 진해에서 창원으로 출근할 때마다 가게 근처에 남아 있는 빈 땅을 보며 '저곳에 집을 지어서 1층은 가게로 사용하고, 2층은 주거용으로 꾸며 아이들과 함께 살면서 아이들이 자라는 모습을 지켜볼 수 있으면 참 좋겠다.'고 생각했다. 내 집을 짓고 싶어졌다.

부동산에 땅을 매수하기 위해 의뢰했지만, 내가 그 땅을 원할 때와 땅 주인이 땅을 팔려고 하는 때가 서로 맞지 않아 기회를 엿보던 중 몇 년이 흐른 2013년 말에 매매계약을 체결하고 땅을 매수할 수 있었다. 다른 땅도 많았지만, 내가 굳이 그 땅을 고집한 이유는 2000년 명서동에 터를 잡아 10년 넘게 가게를 운영하면서 많은 고객이 명서동에 있고, 그분들을 두고 다른 곳으로 가고 싶지 않은 마음이 커서였다.

2014년 여름, 공사가 진행되는 동안 나는 생애 처음으로 마련

한 아파트를 팔기로 하였다. 충분한 시간을 두고 아파트를 매물로 내어놓았으며, 급매가 아니었기 때문에 느긋하게 가격을 조정할 수 있었다. 우리집은 남서향으로 12시가 지나야 거실 쪽으로 햇빛이 들어오기 시작한다. 보통 겨울에 집을 보러 오는 사람들은 채광을 특히 중요하게 생각한다는 것을 알았다. 그래서 나는 햇빛이 많이 들어오는 오후 2시에서 3시 사이에 방문하도록 유도하였다.

어느 날 집을 보러온다고 하기에, 나는 지금 밖에 있으니 2시 정도에 오라고 하였다. 2시에 문을 열어 주고 부동산 소장과 매수하실 분이 편하게 볼 수 있도록 자리를 비켜주었다. 나중에 부동산 소장에게 들은 이야기로는 딸들이 해가 잘 들어 밝고 좋다면서 이 집으로 이사 오자고 했다는 말을 내게 해주었다.

나는 집이 완공되는 시점인 1월 초에 이사하는 것으로 하고 매매계약을 체결하였다. 나는 원하는 시점에 원하는 가격에 매도할 수 있었다. 컴퓨터를 팔든, 집을 팔든 무엇인가를 팔기 위해서는 전략과 전술이 필요하다는 것을 다시금 일깨우게 만든 계약이었다.

흔히 하는 말로 '집 한 채 지으면 10년이 늙는다.'라는 말이 있다. 그만큼 집을 짓는 일에는 스트레스가 많다는 것이다. 그런 측면에서 본다면 나는 정말 다행스럽게도 스트레스 없이 집을 지을 수 있었다. 내가 집을 짓는다고 하니, 고객들과 이웃들이 더 많이 신경을 써주었다. 자기들이 감리사인 것처럼 공사 진행 상황을 사진으로 찍어 보내주었다. 또한 고객 중에 종합 건설사를 운영하는 사장님은 공사가 끝날 때까지 자기 집을 짓는 것처럼 신경을 써주어서 내가 해야 할 것은 거의 아무것도 없었다. 휠체어를 타고서도 어려운 여건을 이겨내고 집을 짓는다고 하니, 주위 분들이 대견하게 생각하고 도와주셨던 것 같다.

2015년 1월 14일, 나는 새집으로 이사를 하였으며, 지금까지 하자 없이 만족하며 살고 있다. 나중에 들어보니 우리집을 짓는 동안 주위 분들의 관심이 엄청 많았다고 했다. 건물이 올라감에 따라 건물 생김새가 가정집처럼 보이지 않아 어떤 건물을 짓는지 궁금하다고 찾아와 둘러보고 가는 분들도 많았다고 했다.

나는 설계를 의뢰할 때부터 건물을 이쁘고 특색있게 짓고 싶어 디자인적인 측면을 많이 고려했다. 개성 없는 단독주택지에 이쁘고 특색있게 지어놓으면 집의 가치가 더 올라갈 수 있다고 생각했다.

가게와 집이 같은 건물에 있으니, 많은 장점이 있었다.

첫째는 내가 소원했던 것처럼, 아이들이 자라는 모습을 볼 수 있다는 것이었다. 이제는 아이들이 학교에 다녀오면 항상 나에게 "학교 다녀왔습니다."라고 인사를 하는 것이었다.

둘째는 임대료가 나가지 않는다는 것이었다. 그렇지만 나는 매달 임대료를 자동이체로 나가게 설정해 두었다. 돈은 물과 같아서 가두어 두지 않으면 언제 어느 곳으로 흔적 없이 새어 나가 사라져 버리는지 모르기 때문이었다.

셋째는 내려오면 출근이고 올라가면 퇴근이니, 출퇴근으로 인해 생기는 시간 낭비와 스트레스가 없었다. 출퇴근에 자유롭다 보니 여유가 많아지게 되었다.

넷째는 주말에도 일을 할 수 있다는 것이었다. 주말에 일하는 것이 뭐가 좋냐고 반문할 수 있겠지만, 주말밖에 시간이 되지 않는 고객들의 급한 용무를 처리해 드리고 고객들이 만족하는 모습을 볼 수 있어서 좋았다. 노는 손에 이 잡고, 도랑 치고 가재 잡는 격이었다. 출퇴근에서 자유롭기에 가능한 것이었다.

나열하고 싶은 장점이 더 많지만, 그중에서도 제일 좋은 점은 봄이 오는 날이면 내 집 마당에서 햇빛을 즐길 수 있다는 것이었다. 이전 가게에서는 그럴 여유도, 공간도 없었고, 아파트에서는 할 수 없는 일이었다. 아파트 1층에서는 햇빛을 즐기고 싶어도 화장실 때문에라도 하기 어려웠다.

돌이켜 생각해 보니, 나는 어릴 적부터 나만의 집을 짓고 사는 게 꿈이었다. 어릴 적 사랑방에 누워 나만의 집을 짓고 사는 상상을 많이 했었다. 그 꿈이 2015년에 이루어진 것이었다. 이 꿈을 이룬 것보다 더 기쁜 것이 하나 더 있었다.

2000년에 결혼을 한 이후 장인어른은 한 번도 우리집을 찾아주지 않으셨다. 아파트를 분양받아 새집으로 이사를 한다고 해도 오지 않으셨다. 내가 집을 짓기 시작하고 상량식 하는 날, 우리집에 깜짝 방문을 해주셨다. 집을 짓는 데 보태라고 하면서 금일봉도 건네주셨다. 그리고 얼마 지나지 않아 준공하고 입주를 앞두고 있을 때 또 오셨다. 장인어른은 우리 부부가 결혼하고 14년이 지나도록 한 번도 하지 않은 발걸음을 짧은 기간 동안 두 번이나 하셨다. 두 번째 방문하셨을 때, 아버님은 나에게 말씀하셨다.

"내년 내 생일 잔치는 자네 집에서 하는 것으로 하지. 내가 살면 얼마나 더 살지 모르겠지만, 막내부터 올라가면서 생일 잔치를 해야 할 것이네."

처가 식구들은 전부 수도권에 살고 있고, 오직 아내와 나만 창원에 살고 있었다. 아버님 생신에 맞추어 온 가족이 우리집을 방문해 주셨다. 장인·장모님과 처남 내외분들 그리고 조카들까지 내려왔으니, 대가족이 움직인 것이나 다름없었다. 나는 내가 지은 집에서 온 식구들이 모여앉아 아버님 생신 잔치를 열어 드린 것이 집을 지어 내 꿈을 이룬 것보다도 더 기쁘고 눈물 나는 일이었다.

휠체어를 타고 결혼식장에 들어오는 나를 보며 눈물바다를 이룬 이후 14년 만에 서로의 축복과 건강을 기원하며 건배하고, 노래를 부르며 즐거워하는 잔칫집으로 바뀐 것이다.

결혼 이후 처가 식구들은 나에게 한 번도 내 마음이 상할 것 같은 말을 한 적이 없었다. 부모님이 계신 이층집에 처남의 등에 업혀 올라오는 모습을 보면서도 싫은 내색 한 번 하지 않으시고, 항상 당신의 옆에 앉혀 술을 권하셨다. 내색은 하지 않으셨지만, 속은 어떠하셨을 것인지 일러 무엇하겠는가. 속은 새까맣게 타서 무너져도 딸의 남편이니 속으로 삭이고 계셨을 것이라 짐작할 뿐이었다.

사과 보살이 "자네, 장가는 참 좋은 데 가겠네!"라고 했던 말이 정말 맞는 말이었다. 나는 정말 장가는 좋은 데 갔다. 비록 싫은 내색은 하지 않으셨지만, 마음으로 받아들이기까지 많은 시간이 지났었다. 14년이 흐른 후에야 아버님은 나를 마음으로도 받아주셨다.

한번은 이런 일이 있었다. 처가에 가면 머리를 감는 것이 불편해서 머리를 빡빡 밀고 올라간 적이 있었다. 그리고 그 이후에는 머리를 길게 길러 머리카락을 묶고 올라갔을 때였다.

장모님께서 "자네는 저번에는 빡빡 밀고 오더만 이번에는 머리를 묶고 왔네."라고 하시는 거였다.

그 옆에서 듣고 계시던 장인어른이 나에게

"자네는 무엇을 해도 이쁘네."라고 하셨다.

이 말을 듣는 순간, 나는 세상 그 무엇보다도 기뻤다. 무슨 말로 그때의 마음을 표현할 수 있을까? 결혼하면서 '절대 당신 딸을 고생시키지 않겠다.'라고 다짐했고, '언젠가는 장인어른에게 인정받아야지.' 하는 내 꿈을 이룬 것이었다.

장애인 사위라고 하지만, 그 누구보다도 좋은 사위가 되겠다는 꿈을 이루었고, 내 집을 짓는 꿈을 이루었다. 내가 지은 집은 나에게 있어 그냥 집이 아니었다. 꿈을 이룬 집이었고, 꿈을 담은 집이었다. 약주를 드시고 즐겁게 우리집에서 노래를 부르시던 아버님의 모습이 눈앞에 선하다.

5장

행복한 삶을
꿈꾸며

어디에서 행복을 찾을까

    사고로 하반신이 마비되면서부터 많은 것들이 변화되고 달라졌다. 20대 젊은 시절에는 마음공부를 하면서 평온한 마음을 유지하기 위해 많은 노력을 하였다.

    가끔 친구들이 "너는 배알도 없냐?" 라고 물어볼 정도로 시비에 휘말리지도 않았다. 그냥 '허허'하고 넘어가는 일이 다반사였다. 그래서 그때 SNS에서 사용하는 닉네임도 '허허로움'이었다.

    모든 것을 내려놓은 듯 살고 싶은 마음이 컸다. 대기업에 입사하고 나서 굳이 창원으로 내려오지 않아도 되었지만, 고향에서 농사를 지으며 살고 싶어서 대부분 지원하지 않으려 하는 에어컨 부서를 일부러 지원해서 내려왔다.

    모를 심기 위해 논을 갈고, 로터리를 치고, 논두렁을 다시 만들 때 생각과 잡념이 사라져 무아지경에 빠져들어 가는 것을 느꼈다. 오로지 땅만 쳐다보고 일하다 보면 무념무상에 빠지는 것이다. 나는 이 경험이 너무 좋아 농사를 짓고 싶었다. 무념무상과 무아지경을 느끼며 마음과 몸을 다스리고 싶었던 것이었다.

하지만 교통사고로 하반신이 마비되면서부터 모든 것이 바뀌고 변하게 되었다 생각과 관념이 나의 의지와는 상관없이 바뀌어 버린 것이었다. 마음을 들여다보고 나를 챙기려고 하였던 모습은 사라지고, 올라오고 내려가는 모든 것은 짜증과 성냄뿐이었다. 아무리 마음을 고쳐먹으려고 해도, 그러지 않으려고 노력해도 바뀌지 않았다.

순간순간 찾아오는 자괴감과 움직이지 못하는 다리를 보면서 마음을 다잡을 수는 없었다. 몸은 영혼을 담는 그릇인데, 이미 그릇이 깨어져 있으니 어떻게 영혼을 온전하게 보존할 수 있었겠는가? 매번 손으로 다리를 잡고 허리를 비틀어야만 몸을 움직여 자리를 바꿀 수 있었던 순간순간이 내 마음을 찍어 내리는 도끼와 같았다. 온전치 못한 육체가 온전치 않은 마음을 도끼로 찍어 내리고 있었다. 그때는 내가 내 마음만 도끼로 찍어 내리고 있었던 것이 아니라 부모님의 마음도 같이 찍어 내고 있었다. 그때는 몰랐지만, 지금에 와서 돌아보면 내가 저지른 죄와 불효는 하늘을 바로 바라보지도 못할 만큼 크고 무거웠다. 부모님이 돌아가시고 나서야 효자가 된다는 말이 틀린 말이 아니라는 것을 뼈저리게 느낀다.

　도끼로 찍어 내리던 마음을 버리고 생각의 프레임이 바뀌게 된 것은 결혼과 일을 하기 시작하면서부터였다. 내가 처해 있는 현실에서 내가 가지지 못한 것을 찾기보다는 그나마 남아 있는 것을 찾아 거기에 집중하고자 했다. 걷지 못하고 움직이지 못하는 다리에 집중해서 마음을 찍어 내릴 것이 아니라 남아 있는 것을 찾아 마음을 다잡고 영혼을 온전하게 담아낼 수 있는 것들을 찾기 시작했다.

　걷지 못하는 것은 크게 문제 될 것이 없었다. 가지 못하는 곳은 가지 않으면 되었고, 갈 수 있는 곳만 가면 되었다. 갈 수 있는 곳도 다 가보지 못하고 죽을 것인데, 굳이 가지 못할 곳을 찾아 못 가는 것에 안달할 필요가 없었다. 그리고 사고로 머리를 다치지 않은 것이 천만다행이었다. 머리를 다치지 않았으니 지금처럼 글을 쓸 수 있는 것이다. 사람이 살아감에 있어 머리를 쓸 수 없다면 어떻게 살아갈 것인가? 이것이 그 어떤 것보다도 가장 큰 것 같다. 되돌아 생각해 보면 천운이라 할 정도로 고맙고, 감사한 일이다. 또한 양손을 다 사용할 수 있다는 것이다. 손을 사용할 수 있다는 것은 무엇이든 할 수 있다는 것이다. 어느 날 양손이 없는 장애인이 비데를 발명한 사람을 세상에서 제일 고마운 사람이라고 하였다. 손을 사용할 수 없다는 것은 기본조차 할 수 없다는 것을 의미하는 것이다.

그런 면에서 본다면 나는 전신마비가 되지 않고 하반신만 마비된 것 역시 천운이다. 또한 하반신이 마비되면서 다른 신경은 다 죽었지만, 감각 하나만이라도 남겨둔 것은 아마 하느님의 선물이 아니었을까 생각했다. 감각이 살아있다는 것이 살면서 얼마나 큰 다행인지 알고 감사하게 되었다. 감각이 남아 있으면 욕창에 걸리지 않을 뿐만 아니라 조절은 할 수 없으나 대소변은 구분할 수 있다는 것이다. 감각 하나만이라도 남아 있어서 조금은 나은 삶을 살 수 있었다.

내게 남은 것을 하나하나 찾다 보니, 단지 걷지 못한다는 것 외에 나를 억누르고 조여오는 것들은 없었다. 못하는 것에 방점을 두는 것이 아니라 할 수 있는 것에 방점을 두었다. 마비된 하반신을 보면서 푸념할 것이 아니라 온전하게 남아 있는 상반신에 감사했다. 그러므로 인해 나는 내 몸을 온전하게 유지할 수 있었고, 영혼도 온전하게 담아낼 수 있었다. 장애는 받아들이기 나름이고 생각하기 나름이지만, 나는 내가 입은 장애로 인해 세상을 더 아름답게 볼 수 있었고, 고맙고 감사한 것으로 가득 차 있다는 것을 깨닫게 되었다.

지금 내가 가진 장애가 조금 불편한 것이지, 나의 마음을 가로막는 걸림돌이 될 수는 없었다. 나는 항상 생각한다.

가고 싶은 곳을 갈 수 있는 두 다리가 있고,

하고 싶은 것을 할 수 있는 두 손이 있고,

보고 싶은 것을 볼 수 있는 두 눈이 있고,

듣고 싶은 것을 들을 수 있는 두 귀가 있고,

향기로는 냄새를 맡을 수 있는 코가 있고,

아름다운 말을 할 수 있는 입이 있고,

이 모든 것을 마음대로 할 수 있는 머리와 가슴이

있는데 이 얼마나 행복하지 아니한가!

여기서 행복을 찾지 못한다면 도대체 그 어디에서

행복을 찾을 것인가?

희망은 항상 내 곁에

초록이 움트기 시작하는 2023년 봄날! 햇살이 눈 부신 따스한 오후에 사랑하는 나의 세 아이와 함께 내가 지은 집 마당에서 고기를 구우며 즐거운 담소를 즐기고 있었다.

"아버지 한잔하셔야죠."라며 소주 한 잔을 채워주는 대학생이 된 큰아들의 모습이 봄날의 햇살보다도 더 눈부셔 보인다. 만일 내가 지난날 희망하나 없이 칠흑같이 어두운 절망의 숲을 헤쳐 나오지 못하고 생을 포기했다면 지금, 이 순간의 눈부신 행복은 어디에서 찾을 수 있을까? 사랑하는 나의 세 아이는 어디에서 찾을 수 있을까? 돌아보면 아찔해지는 순간 희망없이 살아가던 지난 세월이 주마등처럼 스쳐 지나간다.

희망이란 무엇일까? 희망은 술래다. 술래가 못 찾겠다 꾀꼬리 한 손들고 나와라~하며 외치지만 난 절망의 숲속에 꼭꼭 숨어있어서 술래인 희망이 외치는 소리를 듣지 못했다.

내가 절망과 함께 절망의 숲에서 꼭꼭 숨어 살아가는 동안 숲 밖의 사람들은 얇은 희망의 흔적이라도 놓칠세라 모두 희망을 찾아 살아가고 있었을 것이다.

나는 깊은 절망의 숲에만 빠져 있었기에 술래인 희망이 나를 찾을 거라고는 생각도 하지 못했다. 내가 절망의 숲에서 머리를 조금만이라도 내밀었다면 술래가 나를 좀 더 빨리 찾아내지 않았을까 생각을 해본다. 내게 용기가 조금 더 있었더라면, 아니 희망이 술래이고 지금 나는 희망과 숨바꼭질을 하는 중이라는 것을 깨달았다면, 내가 술래가 아니라 희망이 술래로서 나를 찾고 있다는 것을 알았더라면 난 절망의 숲에서 조금 더 일찍 벗어날 수 있었을 같다는 생각이 든다.

지금 돌이켜 생각해 보면 내가 희망을 찾아 헤맨 것이 아니라 희망이 세상 안에 안 보이게 숨은 나를 찾아낸 것이었다. 세상 사람들은 희망을 안고 살아가는 것 같은데 왜 나한테는 희망이 안 보이지? 왜 내게는 희망이 안 오는 거야? 라고 아쉬움과 불만을 토로하고 있었다. 그러나, 그것은 어리석은 생각이었다. 내가 숨어버려서 희망이 나를 찾지 못하는 것이었지 희망은 항상 나를 찾아 헤매고 있었던 것이었다.

나는 내가 절망과 함께 꼭꼭 숨었던 시간을 많이 후회하진 않는다. 절망과 함께 숨어봤기에 희망과의 숨바꼭질에서 어떻게 하면 술래가 나를 더 빨리 찾을 수 있는지 이제는 알고 있다. 나는 절망의 숲에서 절망과 함께 꼭꼭 숨어서 숨바꼭질하는 사람들에게 알려주고 싶다. 절망과 함께하는 숨바꼭질의 술래는 희망이라고. 그러니 너무 꼭꼭 숨지 말고 희망이라는 술래가 우리를 열심히 찾고 있으니 오늘의 절망에 빠져 있지 말고 내일을 위해 한발 한 발 내디뎌 보자고 말하고 싶다.

안달하는 마음잡기

　　대학 시절 지리산을 오를 때의 일이다. 구례 화엄사에서 노고단까지 가는 등산로에 10km라는 푯말이 있다. 노고단까지 가는 길은 내리막 한번 없이 오직 오르막으로만 10km인 산길을 올라가야 하는 것이다. 처음에는 호기롭게 출발하였으나 내리막 한번 없이 끝없이 올라가기만 하는 산길을 걷다 보면 쉬이 지치기 마련이다. 다리도 아파져 오기 시작하고 도착하기까지 한참이나 멀었기에 마음만 급해진다. 마음은 이미 목적지에 도착해 있는데 몸은 절반도 못 가고 있기 때문이다. 이럴 때는 고개를 들어 정상을 보고 가는 것이 아니라 내딛는 한발 한발에 집중하며 오직 발만 보고 가는 것이다. 고개를 숙이고 묵묵히 발만 보며 가는 것이다. 그래야 지치지 않는다. 그러곤 가끔 고개를 들어 내가 바로 가고 있는지 아닌지 확인하면 된다.

마음의 속도와 몸의 속도는 다르다. 마음은 순간에 정상에 올라 산 아래를 바라볼 수 있지만 몸은 시속 4km밖에 되지 않는다. 마음과 몸의 속도 차이는 이렇게 다른 것이다. 마음은 정상에 있는데 몸은 산 초입에 있으니 얼마나 답답하겠는가? 그래서 지치는 것이다.

나의 삶도 그랬다. 삶을 살아감에 있어 삶의 속도를 마음과 몸의 속도에 맞추어야 하는 데 나는 그렇게 하지 못한 것이었다. 목표를 정하고 성공을 향해 달리기 시작하자 마음은 어느새 성공에 도착해 있었으나 현실은 그렇지 않다는 것을 깨닫기 시작했을 때 안달이 나기 시작하였다. 목표를 달성하기 위해 조급한 마음에 바쁘게 움직였다. 바쁘게라도 살지 않는다면 뭔가 나아진다는 느낌이 들지 않았기 때문이다. 주위를 둘러볼 겨를도 없을 뿐 아니라 나를 돌아볼 겨를도 없어졌다. 목표 달성과 성공을 향한 욕심에 마음의 속도와 몸의 속도를 맞추지 못하다 보니 자꾸만 안달이 생기고 속이 새까맣게 타기 시작하였고 종국에는 실패하는 일까지 생기기 시작하였다.

여러 번의 실패를 경험하고 나서야 나는 지난날을 되돌아보며 안달하는 마음을 버리고 행복한 삶을 꾸리기 위해서는 마음의 속도와 몸의 속도를 먼저 맞추어야 한다는 것을 알게 되었다. 나는 먼저 앞서나간 목표와 성공에 도달한 마음을 데리고 와서 몸의 속도와 맞출 수 있도록 마음을 들여다보고 챙기기 시작하였다.

안달하는 마음을 버리기 위해서는 먼 목표에 집중할 것이 아니라 지금, 이 순간에 집중해야 한다는 것을 알게 되었다. 내일을 바라볼 것이 아니라 오늘에 집중하고 하루하루를 최고의 순간을 살면 된다고 생각하였다. 최고의 순간으로 하루하루를 보낼 수 있다면 인생 전체가 최고의 순간으로 가득할 것이라고 믿었기 때문이다.

지금 행복하면 잘 사는 것이라 했다. 나는 내일의 행복을 위해 오늘을 행복을 미루고 싶지 않았다. 살아가는 오늘에 행복해하며 오늘 하는 일에 최선을 다하며 즐기려고 노력하였다.

나는 지금, 이 순간을 감사하고 최선을 다해서 살지 못한다면 내일도 행복해질 수 없다고 믿었다. 행복은 누가 나에게 주는 것도 거창한 것도 아니라고 생각한다. 안달하는 마음을 버리고 사소한 것에 감사하며 오늘을 소중히 간직할 수 있는 마음만 다잡고 있으면 된다고 생각하였다.

티끌 모아 태산이라고 하는 속담이 있듯이 행복도 작은 행복 하나하나를 모으고 모으면 태산 같은 행복이 만들어진다고 생각하였다. 행복은 멀리 있는 것이 아니라고 믿었다.

행복에 관해서 이야기하다 보면 항상 빠지지 않는 단어가 파랑새라는 단어다. 파랑새를 찾아서 떠난 젊은 소년이 백발이 되

어 돌아오는 순간에도 파랑새는 보지 못했다고 자괴하면서 털어
놓는 이야기가 있다.

"파랑새는 없었어. 그런데 말이야 그 파랑새는 항상 내 등 뒤에
있었어. 늘 등 뒤에 지고 다녀서 보지 못하고 느끼지 못했을 뿐이
지. 늘 내 등 뒤에 있었는데도 말이야. 난 그것도 모르고 평생을
바쳐 파랑새를 찾아다녔지. 참 바보짓을 했어. 바보짓을…"

나는 사고 이후 너무 많은 것을 경험하게 되었고 짧은 인생에
서 앞으로 어떤 일이 어떻게 생기고 변할지 모르기에 더 이상 바
보짓을 하고 싶지 않았다. 나는 마음과 몸의 속도를 맞추어 안달
과 욕심을 버리고 나에게 주어진 오늘 하루에 감사해하며 행복한
하루하루를 만들기 위해 노력하고 있다. 헛된 욕심과 망상에 사
로잡혀 오늘을 저당 잡힐 것이 아니라 마음과 몸의 속도를 맞추
어 안달하는 마음을 버리고 주위에 널려 있는 행복의 티끌을 모
으고 있다. 사소한 것에 행복해하고 즐거워하며 티끌 같은 행복
을 모아 천금 같은 오늘을 만들어가고 있다.

건강한 몸에 건강한 정신이 깃든다

몸은 영혼을 담는 그릇이고 내가 좋아야 그 좋은 기운이 돌고 돌아 다시 내게 온다고 하였다. 건강한 몸에 건강한 정신이 깃드는 것이다. 소식하고 허리를 펴서 자세만 바로 하는 것만으로는 부족하다는 느낌을 지울 수 없었다. 핑계일 수도 있지만 일을 하는 중에는 시간을 낼 수도 없었을뿐더러 휠체어를 타고 할 수 있는 운동은 거의 없다고 생각하고 있었다.

그러던 어느 날 반가운 소식을 듣게 되었다. 알고 지내던 장애인 누님이 와서는 장애인을 위한 운동시설인 창원시립곰두리국민체육센터가 문을 열었고 그곳에서 수영을 하고 있다는 것이었다. 어릴 적 고향의 냇가와 저수지에서 수영을 하고 놀았기에, 수영을 할 수 있다는 것에 고무되어 직원과 함께 수영을 하기로 했다. 나는 그의 도움을 받아 수영을 하기로 했다. 운영시간을 알아

본 후에 바로 수영복을 구매해서 다음 날부터 업무를 마치고 수영을 했다.

나는 지금까지 해야 할 일이 있으면 바로 시작하는 것이 나의 성격이었다. 나이키 광고에서처럼 항상 'Just Do It'이었다. 내일부터 해야지 다음 달부터 해야지 하며 미루지 않는다. 하고 싶으면 바로 시작한다. 수영도 바로 시작했다.

수영장에서 하는 수영은 어릴 적 놀면서 하는 것과는 전혀 딴판이었다. 일명 개헤엄으로 25미터를 왕복하고 오니 완전 녹초가 되었다. 하체를 사용하지 못해 오로지 상체만으로 하려고 하니 속도는 나지 않고 자세도 엉망이었기에 몸과 마음은 완전 따로 놀았다. 마음은 이미 끝까지 가 있는데 몸은 여전히 수영장 중간에 있었다.

장애인을 위한 수영 교실은 주로 낮 시간대에 운영하고 있었기에 수영강습 반에는 들어갈 수가 없었다. 나는 일을 마치고 시골 스타일의 수영이었지만 하루도 거르지 않고 계속 운동하였다. 수영하면서 느낀 것이 수영하는 것보다 수영복을 입고 벗고 하며 옷을 갈아입는 것이 수영하는 것보다 더 힘들었다는 것이다. 특히 겨울 같은 경우에는 입을 옷도 많고 벗을 옷도 많다 보니 옷을 벗고 입는 것에 많은 시간을 소비하게 되었다. 몸을 잘 움직일 수 없으니 여간 번거로운 일이 아니었다. 그렇지만 하루도 빠지지 않고 수영하다 보니 조금씩 나아지고 있었다. 첫날에는 녹초가 되어 샤워할 힘도 없었지만 가면 갈수록 좀 더 많은 시간을 수영장에서 보낼 수 있었다.

퇴근하고 수영장에 갔지만, 내가 하는 일이 퇴근을 했다고 해서 끝나는 것이 아니다 보니 수영을 마치고 나면 항상 부재중 전화가 몇 통씩 와 있었다. 나는 수영을 마치고 일일이 다시 전화를 드리고 일을 처리하였는데 전화를 받지 못함으로 인해 생기는 고객의 불편함을 덜고자 나는 다음날부터 바로 새벽으로 시간을 변경했다. 시간이 흘러 어느 정도 몸에 익숙해지자, 늘 같이 수영하며 도와주었던 직원의 도움 없이도 충분히 혼자서 가능했다.

새벽 5시에 일어나서 편지와 엽서를 쓰는 시간을 저녁으로 옮기고, 책을 읽는 시간을 좀 줄이는 대신 나는 새벽 시간을 운동에 투자했다. 새벽 운동을 하기 위해 진해에서 출근을 하게 되면, 차가 막히지 않는 장점도 있었다. 나는 센터에 도착하여 혼자 운동을 하기 시작했다. 새벽반이 운영되기는 하지만, 대부분 비장애인이었기 때문에 초보인 내가 들어갈 자리가 없었고, 아침 일찍 수영을 하는 장애인은 나밖에 없어서 강습반을 만들어 달라고 요청할 수도 없었다. 오픈 초기라 사람이 별로 없었고, 내가 사용하는 레인은 수심이 80cm밖에 안 되는 유아용 레인으로 사용자가 없었다. 거의 매일 혼자만 사용할 수 있었던 나의 전용 레인이나 다름없었다.

오전 6시에 수영장으로 들어가 강습을 준비하는 선생님에게 틈틈이 자세를 하나씩 배웠다. 자세를 설명해 주면 나는 혼자 일주일을 연습했다. 또 일주일이 지나면 연습한 부분에 대해서 점검을 받고, 내가 다시 교정해야 할 수영 자세를 가르쳐 주면 수정될 때까지 연습한다. 선생님들의 도움을 받으며 나는 매일 하루도 빠지지 않고 수영장을 다녔다. 틈틈이 배운 자세를 매일 연습하고 나니 차츰차츰 늘어나는 실력에 재미가 붙어 새벽이 되면 자동으로 눈이 떠졌다. 수영장에 도착해서 준비운동을 마치고 수영을 시작하면, 25미터 레인을 스무 바퀴는 쉬지 않고 돌 정도가 되었다.

나는 자유형과 접영을 주로 했는데, 다들 하반신마비로 어떻게 접영을 저렇게 잘하는지 궁금해하였다. 나는 오로지 팔과 상반신만으로 접영을 하였다. 접영을 할 때는 한 번만 팔을 휘두르는 게 아니라 나는 두 번을 휘두르고, 머리를 들어 몸을 수면 밖으로 들어 올린다. 즉, 나는 팔을 두 번 스트로크하는 접영을 했다. 비장애인들이 내가 하는 접영을 보고 발차기 없이 어떻게 저렇게 접영을 잘하는지 놀라워했다. 한창 수영을 할 때는 수영 코치들이 나에게 선수를 하라고 부추겼다. 장애인 수영선수로 등록하라고 했지만, 나는 하는 일이 있어서 자리를 비우면 안 되기에 할 수 없다고 했다. 선수를 하고 싶었지만, 일이 우선이었기 때문에 하고 싶어도 할 수가 없었다.

집을 짓고 이사를 와서도 운동은 쉬지 않았다. 운동은 삶의 큰 활력소가 되고 스트레스를 해소해 주며, 건강한 생활을 할 수 있게 만들어 준다. 내가 할 수 있는 운동이 있다는 것에 얼마나 다행인지 모른다고 생각했다. 할 수 없다고 생각하기보다는 할 수 있는 것을 찾았기 때문이다.

우리집에서 센터까지의 거리는 2.5킬로 정도 된다. 어느 날 조그만 접촉 사고로 차 수리를 맡기면서 3일간 수영장에 가지 못하게 되었다. 차가 없는 3일 동안 운동을 할 수 없다고 생각하니 좀 아쉬웠다. 밤에 잠을 자려고 누웠을 때, 문득 '차 없이 휠체어를 밀고 가면 어떨까?' 하는 생각이 들었다. 새벽에 일어나자마자 나는 휠체어를 밀고 센터까지 가기 위해 준비를 했다. 혹시 모를 불상사에 대비해 택시비 만 원을 챙겨서 체육센터까지 휠체어를 밀고 집을 나섰다. 휠체어를 타고 대문 밖을 나와 인도를 따라서 센터를 향해 밀고 갔다. 오르막길이 나와도 중간에 포기하지 않고 센터까지 휠체어를 밀고 무사히 도착했다. 내가 생각하고 마음먹었던 대로 이루어지니, 심장이 터질 듯 기분이 좋았다. 해냈다는 성취감과 혼자서 휠체어를 밀고 대로를 횡보해도 전혀 부끄러워하지 않았던 나 자신이 자랑스러웠다.

그날 이후로 나는 차를 타지 않고 매일 헤드셋을 끼고 오디오북을 들으며 센터까지 휠체어를 밀고 다닌다. 휠체어를 밀고 가는 것부터 운동이 시작되는 것이었다. 매일 새벽 사계절의 변화를 온몸으로 느끼며 휠체어를 밀고 센터로 가는 그 길이 나에겐 새로운 삶으로 나아가는 길이었다. 건강한 정신은 건강한 육체에서 나오는 것이다. 건강은 건강할 때 지키는 것이 최고인 것 같다. 내가 좋아야 그 좋은 기운이 가족과 고객들에게 전해지고 다시 내게로 돌아오는 것이다. 나는 주문처럼 믿는다.

차를 타고 가지 않으니, 혼자 휠체어를 차에 싣고 내리고 하는 번거로움이 없어졌고, 주차 공간이 부족하여 주차난을 겪어야 하는데, 그러지 않아도 되니 정말 편하고 자유로웠다. 한 번이 어렵지 두 번부터는 쉬웠다. 이후 가까운 거리는 차를 타고 다니지 않고 휠체어를 직접 밀고 다닌다. 지금은 아내와 아이들과 함께 운동도 하고, 주차할 걱정 없이 웬만한 거리는 차 없이 다니고 있다. 얼마나 좋은지 모른다. 동네 공원에서 산책도 하고, 가끔은 시장에 가서 아내와 함께 장도 보고, 실내 포차도 가곤 한다.

아마 비장애인들은 혼자서 휠체어를 차에 싣고 내리는 것이 얼마나 귀찮고 번거로운 일인지 모를 것이다. 차 없이 휠체어를 타고 다니면 그런 번거로움도 없고 운동도 되고 주위를 둘러보는 여유도 생겨서 얼마나 좋은지 모른다. 비장애인도 가까운 거리라면 웬만하면 걸어 다녀보자. 나는 평생의 소원이 단 하루만이라도 걸어 보았으면 하는 것이다. 걸을 수 있을 때 마음껏 걸어보자.

오해는 쉽고 이해는 어렵다

　세상을 살아가다 보면, 오해해서 상처를 입고 사이가 멀어지는 경우가 종종 생기는 것을 봐왔겠다고 생각한다. 나는 두 개의 좌우명을 가지고 있다. 하나는 「세상을 살면서 받은 것만 기억하자.」라는 것이다. 받은 것만 기억한다는 것은 늘 타인에게 고마운 감정이 앞서기 때문이다. 받은 것만 기억한다면 '내가 이렇게 많이 받았는데, 나는 그들을 위해 무엇을 해주어야 할까?'라는 마음이 든다.

　내가 준 것을 기억하기 시작하면 '내가 너에게 해준 게 얼마나 많은데, 넌 나한테 이것밖에 못 해?'라고 서운한 마음이 생길 수 있다. 그 마음이 오해를 낳을 수 있고, 서운한 감정을 넘어 미운 마음이 들 수도 있기 때문이다.

　두 번째는 「오해는 쉽고 이해는 어렵다」이다.

나는 늘 새벽 5시에 곰두리 국민체육센터에서 헬스를 하기 위해 일어난다. 일요일은 센터가 쉬는 관계로 토요일까지 매일 빠지지 않고 일상을 만들어 가고 있었다. 어느 토요일 아침이었다. 여느 때와 다름없이 일어나 센터에 도착해서 운동을 하고 출근 시간을 맞추기 위해 8시쯤 1층 샤워실로 내려왔다. 아침에 하는 운동의 장점은 아침 운동을 하고 나면 활기차고 상큼한 기분으로 출근할 수 있게 된다. 그러면 나의 좋은 기운이 가족과 고객들에게 전해지고 하루가 밝아진다.

샤워하기 위해 내려오는 그 시간에 가끔 마주치는 한 사람이 있었다. 보통 같은 시간에 운동을 하게 되면 대부분 다 아는 사이가 된다. 나는 센터가 오픈하고부터 쉬지 않고 다녔기에, 터줏대감처럼 아침 시간에 오는 이용자 중에 모르는 사람이 없을 정도였다.

그날 아침에도 어김없이 하얗게 물든 장발 머리를 묶은 채 다가오는 그분에게 나는 인사를 했다. 만날 때마다 여러 번 인사했음에도 그분은 내가 하는 인사를 받아주지 않았다. 내가 휠체어에 앉아 인사를 하면 고개를 많이 숙일 수가 없다. 허리에 힘이 없기에 휠체어 손잡이를 잡지 않은 상태에서 고개를 숙이면 앞으로 고꾸라지기 때문이다. 그래서 내가 하는 인사는 묵례에 가까운 인사가 되어버린다. 그런 식으로 인사를 해서인지 모르지만,

예전부터 몇 번의 인사를 했음에도 불구하고 그분은 나의 인사를 받아주지 않았으며 일언반구도 없었다.

    그날도 나의 인사가 잘 전달 되지 않는 것 같아 씁쓸한 생각이 들었다. 탈의실에서 마주 보며 약간의 서운함을 가진 채 옷을 주섬주섬 챙겨 입고 있었다. 그런데 잠시 후 그분이 나에게 다가와 자기는 고관절 부분과 옆구리 부분을 다쳐 수술했고, 그 후유증으로 운동하러 오고 싶어도 자주 오지 못한다고 했다. 그러면서 나를 보고 휠체어를 타고서도 매일 운동하러 오는 것에 대해 엄지손가락을 치켜세우며 최고라고 해주었다. 그분은 이 모든 말들을 손짓으로 하고 있었다.

    그랬다. 그분은 청각장애가 있는 분이었다. 겉으로 보기에는 알 수가 없었기에, 나는 오해를 하고 있었던 것이었다. 순간 나는 스스로를 돌아보며 반성하게 되었다. 나는 내가 인사를 건넬 때, 그분과 시선을 맞추고 인사를 한 적이 있었던가? 휠체어를 밀고 지나가면서 "안녕하세요?"라고 인사를 했다 하더라도 그분은 들을 수 없었을 것이었다. 그러고는 난 인사를 건넸다고 생각했다. 좀 더 세심히 살피지 못하고 오해를 한 것에 대해 죄송한 마음이 들었다. 오해는 서운한 마음을 갖게 만들고, 그로 인해 어쩜 나는 그분에게 더 이상 인사를 하지 않을지도 모를 일이었다.

인사를 나누고 나니 그분은 다정하게 나를 바라보며 먼저 가라는 손짓을 하였다. 늘 좌우명처럼 새기며 살아온 '오해는 쉽고, 이해는 어렵다.'라는 말을 다시 한번 더 되새기게끔 한 사건이었다. 나는 그분에 대한 오해를 풀고 "주말 잘 보내시고 건강하게 월요일에 또 뵐게요."라고 인사를 했다. 비록 그분이 내가 어떤 말을 하는지 알아듣지 못한다고 하더라도 말이다.

당연한 것을 버려라

지금 내 나이가 쉰여섯이 되었다. 스물일곱에 사고로 장애를 입은 후 근 30년이라는 세월이 흘렀다. 나는 장애가 내 삶에 있어 선물이었다고 받아들이며 살아가고 있다. 나와 함께하는 가족들이 이 말을 들으면 기겁을 하겠지만 말이다. 하지만 나는 30년이라는 짧지 않은 세월을 장애인으로 살아오면서 장애로 인해 참 많은 것들을 배우고 깨닫게 되었다. 만약 내게 장애가 없었더라면 우리가 사는 아름다운 세상에 고맙고, 감사할 일들이 얼마나 많고 가득한지 모르고 살았을 것이기 때문이다.

물론 대소변 때문에 불편하고 오래 앉아 있으면 다리와 발이 붓고 항문질환으로 인해 고통을 받고 있어, 나도 장애가 불편한 것은 사실이다. 가고 싶은 산에도 가지 못하고 타고 싶은 자전거도 타지 못하니 말이다. 비장애인이었을 때 쉽게 할 수 있었던 것들을 장애인이 되면서 하지 못하고 포기하는 일도 늘었다. 설령 그렇다고 해도 나는 지금의 장애로 인해 감사하는 마음을 가질 수 있게 된 것 하나만으로도 하심(下心)을 가질 수 있는 마음만으로도 그러한 불편함은 충분히 감수하고도 남을만하다고 여기고 있다.

27년을 비장애인으로 살아오면서 세상을 바라보았던 눈과 장애인으로 삶을 살아가면서 세상을 바라보는 눈은 달라질 수밖에 없었다. 학생운동으로 구속되고 정말 어려운 환경 속에서도 열심히 노력하여 대기업에 취업했으니 나름의 자신감으로 어깨에는 잔뜩 힘이 들어가 있었다. 사고로 장애인이 되지 않았다면 아마도 나는 잘난 맛에 우쭐하는 마음으로 어깨의 힘이 빠지지 않았을 것이었다. 내가 얼마나 작고 부족한 존재인지 겸손을 배우지 못했을 것 같다는 생각을 지울 수가 없다.

지금까지 나의 손발이 되어 주고 내 영혼을 소중하게 간직할 수 있게 항상 옆에서 응원하고 지켜봐 주고 있는 아내가 얼마나 소중하고 고마운 존재인지 깨닫지도 못했을 것이다. 아니 그게 아니라 내가 장애를 입지 않았다면 지금의 아내를 만나지 못했을 수도 있다는 것이다. 그건 정말 무엇과도 바꿀 수 없는 일이다. 만약에 영화처럼 과거로 돌아가 사고는 피할 수 있지만 지금의 아내를 다시 만날 수 없다면 난 과거로 돌아가지 않을 것이다.

결혼은 신랑 신부가 대부분 동등한 대상으로서 서로를 바라본다. 하지만 나에게 있어 아내는 동등한 대상이 아니라 한없이 과분한 존재이다. 그건 누가 보더라도 인정할 수밖에 없다고 나는 생각한다. 나에겐 너무나 과분한 아내를 나는 늘 감사한 마음을 가지며 사랑하고 있다. 아내를 볼 때마다 감사한 마음이 저절로 생겨난다. 왜냐하면 수렁에 빠진 내 인생을 건져주고 실의에 빠져 삶의 고통 속에서 헤매고 있을 때 삶이 얼마나 아름다울 수 있는지를 깨닫게 해준 은인이기 때문이다. 나에게 있어 아내는 배우자 그 이상의 존재이다.

나는 내 마음속에 고마움을 심고 자라나게 할 수 있도록 만들어 준 것이 내가 가지고 있는 장애라고 생각하게 되었다. 장애로 인해 하심(下心)과 감사한 마음을 가질 수 있었고 장애는 내 인생을 아름답게 만들어주는 선물이 되었다. 나는 내가 가진 장애를 통해 세상에는 얼마나 많은 감사함과 아름다움으로 가득 차 있는지를 알게 되었기 때문이다.

예전에 감사 일기를 쓰면서 매일 감사하는 일들을 하나씩 찾아서 일기로 적으면 우리의 삶이 윤택해지고 기쁨으로 가득해질 수 있다며 감사전도사들이 많이 활동하던 시기가 있었다. 의식적으로 감사할 일을 찾아서 기록한다는 것이었다. 그러면 자연스럽게 감사하는 일이 더 많이 생긴다는 설명이었다. 하지만 나는 감사할 일을 찾아야 할 필요가 없었다. 난 살아있는 자체에 감사했고, 나를 사랑해주고 도와주는 사람들이 많이 있어 항상 그분들께 감사했기 때문이다.

장애를 입은 후에 세상에는 당연한 게 없다는 것을 깨닫게 되었다. 당연함을 버리면 당연함을 버린 그 자리에 감사함이 들어오게 되어 있다는 것을 깨달았다. 부모니까, 아내이니까, 친구이니까 그렇게 하는 것이 당연한 거로 생각하는 순간 고마움과 감사함은 사라지는 것이다.

어느 날, 퇴근하고 욕실로 들어갔다. 평소 수건걸이에 늘 걸려있던 수건이 보이지 않았다. 수건을 찾기 위해 진열장을 열었을 때 뽀송한 수건들이 차곡차곡 정리되어 있었다. 나는 나의 수고스러움이 단 일도 들어가지 않았음에도 불구하고 가지런히 들어있는 수건을 보면서 아내로 인해 누릴 수 있는 이 행복감에 눈물이 왈칵 쏟아졌다. 나 혼자 휠체어를 타고 다녔다면 절대 누릴 수 없는 일이었다. 아내가 있었기에 가능한 일이었다. 아내니까 당연히 그렇게 해야 한다는 것이 세상 어디 있는가?

수술 후 휠체어에 앉아 제일 먼저 한 것이 담배를 피우는 것이었다. 그렇게 참을 수 없었고 13년 동안 줄기차게 피웠던 담배였으나 담배 연기를 싫어하는 아내를 생각해서 나는 담배를 끊었다. 담배를 끊어보신 분들은 다 아실 테지만 담배를 끊는다는 것이 쉬운 일은 아니다.

　내가 비장애인일 때는 담배를 피우고 싶으면 담배 가게에서 언제든지 살 수가 있었다. 하지만 휠체어를 타고서는 담배를 사러 가는 일이 그리 쉽지만은 않았다. 또한 그때는 혼자서 세상 밖으로 나가기를 많이 꺼리고 있던 때라 더욱 힘들었던 시기였다. 담배가 떨어져 간절히 피우고 싶어도 담배를 사러 가기가 힘들고 귀찮았다. 가끔 방문하는 지인들에게 한 개 피씩 얻어 피우는 것도 한두 번이지 계속 그럴 수는 없었다. 주변에 민폐 캐릭터로 남고 싶지 않다는 내 마지막 자존심이었을지도 모른다. 아무튼 피우고 싶지만 어쩔 수 없이 한번 참고 두 번 참고다 보니 자연스레 끊을 수 있었다. 결혼하면서 끊었으니 절연을 한 것도 어느덧 23년째가 되어가고 있다. 담배는 끊는 것이 아니라 참는 것이라고 하지만, 나는 내가 가지고 있는 장애 덕분이 나는 더 쉽게 끊을 수 있었다. 담배를 끊어보니 세상에 태어나서 담배를 피운 것이 제일 잘못한 일이고 잘한 것 중 하나가 담배를 끊은 것이었다.

　담배 이야기를 왜 꺼내 놓게 되었냐 하면 휠체어를 타고 혼자서 무엇을 한다는 것은 어렵다는 것이다. 재활이 덜 된 상태에서 휠체어를 타고 혼자 울퉁불퉁한 길로 다닌다는 것이 절대 쉬울 리가 없다. 인도로 걸어 다니는 분들은 체감할 수 없을지 모르겠으나 휠체어를 밀고 가다 보면 배수하기 위해 비스듬히 만들어

두어서 한쪽으로 몸이 기울어져 다니기에 여간 불편한 것이 아니다. 또한 휠체어의 앞바퀴가 작아서 조그만 턱이나 작은 홈에도 걸려서 앞으로 엎어지는 경우도 종종 있다. 혼자 휠체어를 타고 다니는 것이 쉽지 않은 상태에서 보호자 없이 밥을 먹으러 나간다는 것은 거의 불가능에 가까운 일이었다.

지금은 배달앱으로 시키면 되지만 2000년도에는 전화로 주문해야 했고 한 그릇을 부탁하면 배달하지 않으려고 할 때다. 나는 내가 혼자 있어 휠체어를 타고 갈 수가 없다는 사정을 이야기하며 한 그릇만 부탁한다고 해야 했고 이를 딱하게 여기신 사장님이 그때야 배달해준다고 했다. 나는 배달해주신 사장님 덕분에 주린 배를 채울 수 있었던 적이 많았다.

정말, 고맙고, 감사한 일이었다. 그분들이 자선 사업가도 아니고 돈을 벌기 위해서는 당연히 해야 하는 것 아니냐고 하면 고맙고, 감사한 마음이 없어진다. 그렇게 치부한다면 세상에 고마운 일은 없어질 것이다. 비록 그분들이 돈을 벌기 위해 당연히 그렇게 한다고 하지만 나에게는 당연한 것이 아니기 때문이었다. 이익은 판매가 빼기 원가라는 공식을 내세워 수지타산에 맞지 않는다고 판단하여 배달을 거부하면 난 속절없이 굶을 수밖에 없는 형편이었던 것이었다. 주머니에 돈을 넣고도 밥을 굶어야 하는 어처구니가 없는 일이 발생하는 것이다.

이런 일을 당해 보지 않으신 분 들이 이해를 하는 것은 쉽지 않으리라 생각한다. 나는 남들이 당연하다고 느끼는 일들조차 당연하게 받아들일 수가 없었다. 장애는 내가 세상을 향해 고맙고, 감사한 것이 얼마나 많은지를 깨닫게 해주는 선물이었다. 내가 비장애인이었다면 아마도 모든 일들을 당연한 것으로 치부했을지도 모를 일이었다. 고맙고, 감사한 일들을 찾아 나서는 것이 아니라 당연함을 버리게 되면 주위에 항상 있다는 것을 깨닫게 되었다. 세상은 여전히 맑고 따스하며 감사한 일로 가득 차 있다. 당연함을 버릴 수 있다면 당연함을 버릴 줄 안다면 세상이 더 아름다워 보일 것이고 옆에 있는 가족 애인 친구들이 더없이 소중한 존재로 다가오는 것을 느낄 수 있을 것이다. 고마움과 감사함은 세상에 당연한 것이 없다는 것을 깨닫고 당연함을 버리는 것에서부터 시작된다.

가시밭길과 꽃길

구속된 이후 나의 길은 온통 가시밭길로만 덮여있을 줄 알았으나 대기업에 입사하게 되면서부터는 꽃길만 걷게 되는 줄 알았다. 하지만 하반신이 마비되는 교통사고는 나를 칠흑같이 어두운 가시밭길로 끌고 가버렸다.

끝나지 않을 것 같았던 가시밭길도 일과 결혼을 통해서 벗어날 수 있었지만, 과한 욕심은 오히려 나를 가시밭길로 돌아 세우려 하고 있었다. 멀티게임방이 망하고 분양받은 상가와 투자 자산이 하락하면서 또다시 나를 가시밭길로 끌고 가려 했다. 하지만 나는 휠체어 바퀴가 너덜거릴 만큼 최선을 다해 치열하게 삶을 살았고 그 덕분에 다시 가시밭길에 빠지는 우는 범하지 않게 되었다.

가시밭길을 걷는 고통이 얼마나 처절하고 뼈아픈지 알기에 나는 꽃길의 아름다움과 소중함을 지키기 위해 몸과 마음을 들여다 보며 노력하였다. 또다시 가시밭길로 끌려가지 않고 꽃길의 소중함을 지키기 위해 내가 가지지 못한 것에 대해서는 부러워하지 않고 내가 가지고 있는 것에 대해 감사하는 마음으로 살기 위해 노력하였다. 가시밭길을 걸어보았기에 꽃길이 얼마나 아름답고 소중한지 알게 되었기 때문이었다.

우리가 흔히 하는 덕담 중 '꽃길만 걸으세요'라고 하는 덕담이 있다. 물론 소중한 사람들이 고생 없이 평생 꽃길만 걷기를 바라는 마음으로 한다는 것을 모르는 것은 아니다. 하지만 나는 이 덕담이 썩 마음에 들지는 않는다.

언제나 꽃길만 걷게 된다면 꽃길의 소중함과 아름다움을 모르게 되고 그러면 꽃길 속에서 인생을 낭비하고 허비하게 되는 경우가 생길 것 같기 때문이다. 넘어져 보아야 땅을 짚고 일어설 수 있듯이 가시밭길을 걸어 보아야 꽃길의 아름다움을 알 수 있다고 믿기 때문이다.

이야기를 하나 해보려고 한다. 만약 여기에 천국이 있다고 가정을 해보자. 매일 매일 천국에서만 살다 보면 어느새 천국은 일상이 되어 버리고 지겹고 재미없는 곳으로 변하게 될 것이다. 그래서 무엇인가 좀 더 재미있고 자극적인 것을 찾게 되고 그런 행동은 천국을 낭비하게 되는 결과를 초래할 것이다.

홍청망청 천국을 낭비한 죄로 지옥 불에 떨어지는 벌을 받게 된다면 그때야 지난날의 잘못을 깨닫고 천국의 아름다움과 소중함을 알게 될 것이다. 그렇지만 후회는 아무리 빨라도 늦는 법이다. 만약 구사일생으로 다시 천국으로 보내지는 행운을 얻게 된다면 어떻게 될까?

　천국에서 생활하는 것 자체만으로도 얼마나 아름답고 소중한지를 알게 될 것이다. 또다시 홍청망청 천국을 낭비하며 지옥 불에 떨어지는 잘못을 저지르지 않기 위해 늘 조심하고 몸과 마음을 다스릴 것이다. 소중하고 아름다운 천국을 아끼고 또 아껴서 사용할 것이다.

　천국이 아름다운 이유는 지옥이 있기 때문이고 꽃길이 아름다운 이유는 가시밭길이 있기 때문일 것이다.

　지금, 이 순간 누군가는 가시밭길을 걷고 있을 것이고 또 누군가는 꽃길을 걷고 있을 것이다. 가시밭길을 걷는다고 해서 고통과 절망에 빠져 포기하지 말고 꽃길을 걷는다고 해서 희희낙락하지 않았으면 좋겠다는 것이 나의 생각이다. 나는 우리의 몸과 마음을 어떻게 사용하느냐에 따라 가시밭길이 꽃길이 될 수 있고 꽃길이 가시밭길이 될 수 있다고 믿는다.

의식주(衣食住) 의식주(意識主)

2003년, 10년에 10억 만들기라는 열풍이 일어날 때였다. 서점가 방송가 할 것 없이 재테크 열풍이 불었고, 자기계발이 한창일 때였다. TV 광고에서도 "여러분~~여러분~~모두 부자 되세요."라고 하며 부자를 꿈꾸게 했다. 나 역시도 그 열풍에 동참하며 책상 앞에 고급 외제 차와 근사한 집의 사진을 붙여놓고 의지를 불태웠다.

하반신마비라는 장애를 딛고 내 꿈을 이루기 위해 붙여놓았던 사진이 이젠 내 앞에 현실이 되었으며, 나는 지금 그 꿈을 이루었다. 내가 원하는 고급 외제 차와 내가 지은 집이 있기 때문이다. 나는 교통사고로 하반신마비 장애를 입었기 때문에, 차에 대한 열망은 다른 사람들보다 더 크다고도 할 수 있다. 더 고급스럽고 더 안전한 차를 타고 싶었다. 그리고 시쳇말로 뽀대도 내고 싶었다. 흔히 말하는 하차감이라고 할까. 나는 앞에서도 말했듯이 아이가 셋이다. 작고 허름한 차에서 아이 셋과 휠체어를 타고 내리는 내 모습을 누가 본다면 나를 손가락질할 것 같다는 생각에 스스로 위축될 것 같았기 때문이었다. 하지만 내가 위와 같은 상황에서 고급 외제 차에서 내리는 것을 본다면 어떤 생각을 하게 될까?

내가 교통사고로 장애를 입었다고 하면, 사람들은 보험금을 많이 받아 지금처럼 살고 있다고 생각하는 경우가 종종 있다. 내가 자동차 보험사에서 받은 돈이라고는 책임보험에서 받은 600만 원이 전부였다. 나는 사고가 난 차의 운전자가 아니라 동승자였고 그 차는 동승자의 상해에 대한 보험은 가입되어 있지 않았다. 자동차보험을 들을 때 운전자뿐만 아니라 모든 동승자도 보험 대상이 되도록 하여야 한다는 것을 나는 나중에야 알았다.

600만 원은 중환자실의 보름치 병원비밖에 되지 않았다. 그리고 회사에서 직원복지 차원으로 모든 직원에게 단체보험에 가입시켜 주었는데, 그 보험에서 나온 돈이 1,800만 원이었다. 회사 동료들이 돈을 모아 주었고, 입사 동기들 역시 십시일반 으로 조금씩 보태 주었다. 그렇게 모금해 준 금액이 얼마인지 모르겠으나, 9개월간의 입원과 재활을 위한 병원비를 제하고 남은 돈은 천만 원밖에 되지 않았다.

만약에 내가 보험금을 받을 수 있었다고 가정한다면, 대기업 신입사원으로 정년퇴직할 때까지 설정하여 호프만 방식으로만 계산하면 94년 그때 돈으로 7억 정도 되었다. 만약 내가 그 보험금을 받았다면 득이 되었을까? 독이 되었을까? 지금도 혼자 가끔 생각해 보곤 한다.

미래가 어떻게 바뀔지 아무도 모르겠지만, 적어도 이것 하나는 확실하다고 생각한다. 엄청난 돈을 보상금으로 받았다면, 지금처럼 경제적 자립을 이루기 위해 치열하고 피 터지도록 휠체어 바퀴가 닳을 만큼 열심히 살지 않았을 것 같다. 그 돈이 없었기 때문에, 내 삶을 더 주체적으로 열심히 살아올 수 있었다고 생각한다. 오늘날 내가 이룩한 경제적 자립은 온전히 나의 의지와 노력 그리고 가족의 도움으로 이루어진 것이다.

내 인생의 명작이라고 이야기하는 영화 〈타짜〉에서 고니가 하는 대사 중에 가슴을 울리는 대사가 있다.

"아, 가만있어 봐. 인생 관뚜껑에 못 박히는 소리 들어봐야 아는 거 아니야?"라고 하는 대사다.

관뚜껑 닫힐 때까지 아무도 알 수 없는 것이 미래다. 지금 내가 경제적 자립을 이루었다고 해서 죽을 때까지 그럴 것이라는 보장은 그 어디에도 없다. 그런 연유로 끊임없이 공부하고 정진하며 욕심을 덜 부려야 한다는 것이다. 투자도 자산을 두세 배 늘리려는 투자가 아니라 지금의 자산을 지키는 투자가 되어야 하며, 과한 욕심에 화를 부르는 일은 하지 말아야 한다는 것이다. 적은 것에 만족할 줄 알고, 남의 것을 부러워하지 말며, 지금 가진 것을 소중히 지켜야 한다는 생각이다.

소욕지족의 삶을 살아가려고 노력하고 있다. 헛된 욕심은 바닷물을 마시는 것과 같다. 자본주의 사회에서 자본을 떠나 살 수 없다는 것은 명명백백한 사실이다. 그러하기에 자본주의 사회에 사는 모든 이들의 꿈이 경제적 자유를 이루는 것이 되었고, 우리 청소년들에게도 꿈을 적으라고 하면 대부분 의사, 검사, 판사, 연예인 등 돈을 잘 번다고 생각하는 직업을 적어낸다. 왜? 언제부터인지는 모르겠지만, 우리 아이들 마음속에도 그리고 부모들의 마음속에도 우리가 이루어야 할 꿈은 앞으로 가져야 할 좋은 직업이 되어 버린 것 같다. 좋은 직업을 가지려는 이유가 다른 어떤 것도 아닌, 경제적 자유를 이루기 위해 서라고 생각한다.

내가 나름의 경제적 자립을 이루고 난 후, 지난 55년의 세월을 돌아보며 '난 무엇을 하고 살았나?' 하는 생각을 하게 되었다.

살아오는 동안 내내 '내가 누구인지? 어떻게 살아야 올바른 삶인지?'가 화두가 되어 가슴 한구석에 자리 잡고 있었다. '나는 무엇을 위해 지금까지 살아왔나? 나의 꿈은 무엇이었나? 과연 부자가 되는 것만이 진정한 나의 꿈이었을까? 그 꿈을 이루고 나면 그다음에는 무엇을 꿈꿀 것인가?' 하는 깊은 생각을 하게 되었다.

'과연 나의 꿈은 무엇이었던가?'

경제적으로 자립을 하는 것이 꿈이라고 여기며 지금까지 달려왔으나, 경제적 자립을 이루는 것을 꿈이라고 하기에는 무엇인가 모르지만, 답답한 마음이 들었다. '내 인생에 있어 돈 말고는 없는 건가? 아무리 자본주의 사회에서 돈이 최고의 가치를 가진다고 하지만, 꿈이 '돈'이라면 삶이 너무 슬프지 않을까?' 하는 생각을 하게 되었다.

내가 살아감에 있어 꼭 갖추어야 하는 삶의 기본요소인 의식주(衣食住)를 해결하기 위해서 노력해야 하는 것은 부정할 수 없는 사실이다. 지금까지 피 터지게 치열하게 살아오다 보니, 지금의 나는 일차원적인 요소인 의식주(衣食住)에서는 조금은 자유로워졌다고 여기고 싶다.

이제 나는 2차원적인 의식주를 찾으려 노력하고 공부한다. 내가 생각하는 이차원적인 의식주는 "내가 누구인지를 깨닫기 위해 나를 찾아 나서려고 세우는 뜻-의(意), 내가 누구인지를 알기 위해 공부하는 알-식(識), 나 자신을 알고 스스로 나의 인생에 주인이 되는 주인-주(主)를 이차원적인 의식주(意識主)라 생각하며, 그 뜻을 찾아 나의 삶을 온전하게 책임지고, 내가 어디서 왔고 내가 누구인지를 찾아가는 건강한 자세를 가지고 내 마음을 들여 다보려고 한다. 일차원적인 의식주(衣食住)에 갇혀 헤어 나오지 못하게 되면, 바닷물을 마시며 갈증을 해소하려고 드는 것과 같은 이치다.

매스컴에서 보도되는 사건들을 보면, 다 쓰고 죽지 못할 만큼의 돈을 가지고 있으면서도 '좀 더 좀 더' 하며 돈을 갈구하다 결국에는 명성과 신망까지도 잃어버리게 되는 경우를 종종 보았다. 이차원적 요소인 의식주(意識主)를 찾아 나의 마음을 들여다볼 생각은 하지 못하고 오로지 일차원적인 의식주(衣食住)에만 갇혀 남들과 비교하며, 평생 좀 더 나은 의식주(衣食住)를 갈망하며 살아가는 것은 끝내 이룰 수 없는 일을 추구하는 것과 같은 것이다.

일차원적인 의식주(衣食住)에 갇혀 욕심을 버리지 못한다면, 종국에 이르러 끝내 죽음을 맞이할 때, 의(衣)-수의 한 벌을 걸치고, 식(食)-쌀 몇 알을 입에 물고, 주(住)-좁디좁은 관에 누워 끝없는 욕심을 부여잡고 덧없는 삶을 살다 가게 될 것이다.

나는 내가 살아온 지난 세월을 돌아보며 새로운 꿈을 꾸기 시작했다.

천상병 시인의 말씀처럼 소풍을 마치고 돌아가는 것처럼, 정말 인생과 삶 속에서 즐거운 소풍을 마치고 돌아가는 길이 되었으면 하는 것이 새로운 꿈이 되었다. 이차원적인 의식주(意識主)를 이루기 위해 내 마음을 더 열심히 찾고 더 열심히 들여다보려고 노력한다. 욕심을 내려놓고 이제부턴 그 꿈을 이루기 위해서 살아가려고 한다. '별것 아니다.'라고 할 수 있겠지만, 어쩌면 이루기엔 아주 힘들 수도 있을 것 같다. 그래도 나는 내 꿈을 이루기 위해서 하루하루를 더 열심히 살고, 더 열심히 사랑할 것이고, 더 많이 베풀며 매일매일을 감사함으로 채우며 살아갈 것이다.

죽는 그 순간까지 건강을 지키고, 하루하루 기쁘고 행복하게 살다가 죽음을 맞이하는 그 순간 이범희의 이름으로 세상을 살아오면서

"그래, 이 정도면 잘했어. 아주 잘 살았어!" 하는 만족할 수 있는 삶이 될 수 있다면 죽음도 행복할 것 같다. 꿈은 이루어질 것이며 반드시 이룰 것이다.

나의 꿈을 시로 너무나 잘 대변해 주신 천상병 님의 시「귀천」으로 이 글을 마무리하려고 한다.

귀천

– 천상병 –

나 하늘로 돌아가리라.

새벽빛 와 닿으면 스러지는

이슬 더불어 손에 손을 잡고,

나 하늘로 돌아가리라

노을빛 함께 단둘이서

기슭에서 놀다가 구름 손짓하면은,

나 하늘로 돌아가리라.

아름다운 이 세상 소풍 끝내는 날,

가서, 아름다웠더라고 말하리라.

하루만 걸을 수 있다면

내게 단 하루만 걸을 수 있다면, 그런 기회가 허락된다면 꼭 하고 싶은 것이 있다. 아주 거창하거나 큰 것도 아니다. 비장애인에게는 그냥 일상에서 늘 하는 것들이라 너무나 당연하겠지만, 나에게는 평생을 가슴에 품고 있어야 하는 소원이 되어 버렸다.

단 하루만 걸을 수 있다면, 정말 그런 시간이 나에게 주어진다면 나는 사랑하는 아내와 함께 데이트를 할 것이다. 제일 먼저 손을 잡고 나란히 걸음을 옮길 것이다. 우리 부부는 단 한 번도 손을 잡고 걸어 본 적이 없다. 그러하기에 다정한 연인들처럼 손을 잡고 나란히 앞을 보며 발을 맞추어 같은 모양과 같은 보폭으로 걸어 보고 싶다. 팔짱을 끼고 어깨동무하고, 서로 기대어 온기를 나누며 따사로운 봄바람이 불어오는 날을 느껴 보고 싶다.

벚꽃이 꽃비가 되어 휘날리는 거리에서 만세를 부르면서 아내의 손을 잡고 흔들며 길을 걸을 것이다. 나와 결혼하면서 많은 것을 스스로 포기한 아내. 자기 자신보다도 언제나 나를 먼저 생각해주고 나에게 맞추어 주었으며, 내 마음이 상처 입지 않도록 항상 마음을 어루만져 주었던 천사 같은 아내를 업어줄 것이다. 사랑스럽고, 은혜롭고, 천사 같은 아내와 함께 걸을 수 있는 하루를 보낼 것이다.

아내와의 사랑으로 우리에게 와준 선물 같은 세 아이와는 함께 공을 찰 것이다. 집 앞에 축구장이 있음에도 나는 축구장에서 아이들이 공 차는 것을 지켜만 보았지, 나는 한 번도 함께하지 못했었다. 그런데 이 하루는 내 숨이 목 끝까지 차오를 때까지 뛰고 또 뛰면서 함께할 것이다. 사랑하는 나의 소중한 아이들과 함께 말이다.

앞산의 산책로도 함께 걸어 볼 것이다. 집 마당에서 산에 올라갈 수 있도록 만든 데크만 바라볼 뿐, 한 번도 올라가 보지 못한 그 길을 함께 걸으며 올라갈 것이다. 지리산이 아니어도 괜찮고, 금강산이 아니어도 좋다.

집 앞 조그만 동산이라도 아이들과 함께 걸을 수 있다면 그 어디여도 좋다. 마당에서 아이들이 산책하고 돌아오는 모습을 지켜만 보는 것이 아니라 함께 산책할 것이다. 뒤에서 항상 나의 휠체어를 밀어주면서 가는 그런 길이 아니라 나란히 함께 앞을 보면서 걸을 것이다. 걷다가 힘들어하면 아이들을 업어주고, 그러지 않아도 꼭 한 번씩 업어줄 것이다. 아버지가 되어서 아이들을 등에 업어본 적이 없으니, 그 느낌이 어떤지 나는 모른다. 하지만 확실히 아는 한 가지는 있다. 그건 바로 장성한 내 아들의 등이 얼마나 넓고 든든한지, 그 따스한 등에 업히는 것이 말로 표현할 수 없을 만큼 내 심장을 두근대게 하는지 말이다.

나의 처가는 다세대주택 3층에 있다. 엘리베이터가 없어 걸어서 올라가야 하지만, 난 그럴 수 없으니 항상 처남들의 등에 업혀 올라갔다. 등에 업혀 오르고 내릴 때마다 미안함과 고마움이 교차했다. 조카들이 장성하자, 나는 처남의 등에서 조카의 등으로 넘어갔고, 업혀서 올라갈 때마다 약간의 자괴감이 생기기까지 했다.

첫째 아이가 돌이 막 지났을 무렵, 처가에 놀러 갔을 때, 현관문을 짚고 있던 아이가 갑자기 문이 열리면서 넘어지는 일이 있었는데, 나는 거실벽에 기대어 "어~어~"하고 그저 소리만 질렀을 뿐, 아무런 행동도 취하지 못했었다. 아이가 많이 다치지는 않았지만, 옆에 계신 장인어른이 나의 장애에 대해 뭐라 하시는 것을 그때 처음으로 한 번 들었다.

현관문 앞에서 넘어진 그때 그 아이가 장성해서 이젠 나를 업고 외할머니를 보러 올라간다. 처남도 조카의 등도 아닌 아들의 등에 업혀서 올라가는 그 느낌은 말로 표현을 다 할 수가 없다. 시간이 흘러 내가 나이 들어 늙어간다는 것보다 아이가 장성한 것에 대한 기쁨이 더 크게 다가온다. 다른 가족들의 등에 업혀 올라갈 때 생기는 조그만 자괴감조차도 내 아이의 등에 있을 때는 생기지 않는다. 오히려 기쁨으로 다가왔고, 아들의 등에 업혔을 때의 느낌은 감동으로 남아 내 마음에 영원히 남아 있다.

나는 우리 아이를 업었을 때 어떤 느낌인지 모른다. 내가 안기에 너무 커 버린 아이들이지만 꼭 한번 업어주고 싶다. 아버지로서 한 번도 업어주지 못한 우리 아이들을 업어주고 싶다. 어린 나를 업어주곤 했던 부모님 등에서 느낀 든든함을, 병원에 누워있던 청년인 나를 안아 일으키며 전해준 부모님의 용기와 한없는 사랑을, 우리 아이들을 한번 업어주며 나도 꼭 전하고 싶다

나에게 정말 단 하루만 걸을 수 있는 시간이 주어진다면, 그 소원을 이루어 준다면, 온전히 그 하루를 사랑하는 아내와 사랑스러운 우리 아이들과 함께 걷고 뛰며 즐기는 하루를 보낼 것이다.

하루의 마지막으로는 평범하지 않은 가족사진을 찍을 것이다. 사진관에 걸려있는 보통의 가족사진이 아니라 크게 웃는 우리 아이들 뒤로 아내를 업고 있는 가족사진을 촬영할 것이다. 그 사진을 보면서 내 삶의 은인이자 축복인 아내에게 고마워하며 평생 사랑할 것이다. 내 삶은 당신들이 있어서 축복이었고 행복했다고 말할 것이다.